Édouard Forestié

Notice historique sur la fabrication des draps à Montauban

Antigonos

Édouard Forestié

Notice historique sur la fabrication des draps à Montauban

Réimpression inchangée de l'édition originale de 1883.

1ère édition 2024 | ISBN: 978-3-38663-171-6

Antigonos Verlag est une marque de Outlook Verlagsgesellschaft mbH.

Verlag (Éditeur): Outlook Verlag GmbH, Zeilweg 44, 60439 Frankfurt, Deutschland
Vertretungsberechtigt (Représentant autorisé): E. Roepke, Zeilweg 44, 60439 Frankfurt, Deutschland
Druck (Imprimerie): Libri Plureos GmbH, Friedensallee 273, 22763 Hamburg, Deutschland

NOTICE HISTORIQUE

SUR LA

FABRICATION DES DRAPS

A MONTAUBAN,

DU XIVe SIÈCLE A NOS JOURS,

PAR

EDOUARD FORESTIÉ,

Secrétaire de la Société archéologique de Tarn-et-Garonne,

ARCHIVISTE DE L'ACADÉMIE DE MONTAUBAN.

MONTAUBAN,

IMP. ET LITH. FORESTIÉ, RUE DU VIEUX-PALAIS, 23.

—

1883.

AVANT-PROPOS.

Dans son voyage en France, Arthur Young parle avec admiration de Montauban et de l'animation qu'on y remarque. Le touriste anglais a pu parler ainsi, car il • avait vu notre ville dans sa période commerciale la plus brillante. C'était en effet vers 1787, qu'il accomplit son voyage. Nous avons nous-mêmes entendu, à plusieurs reprises, nos grands mères raconter quelle activité régnait dans nos quartiers populeux alors que « la fabrique marchait », et il nous souvient comme d'un rêve, hélas ! d'avoir contemplé d'innombrables pièces de drap aux couleurs variées, le rouge écarlate à côté du bleu de roi, étendues au soleil sur les berges du Cours, le long des quais, sur le Pont, au faîte des maisons de Villebourbon, et flottant au gré du vent comme des oriflammes.

De tout ce passé que reste-t-il ? le souvenir, et comme le dit avec raison le poète :

> Montauban. paresseuse Andalouse,
> Voilà déjà longtemps que tu dors au soleil.

Pourquoi donc, nous dira-t-on, avoir réveillé ce passé, ravivé ces regrets, ranimé ces tristesses ? Parce qu'en dehors de l'intérêt qui s'attache à l'histoire de notre pays, nous devons, dans ce spectacle d'une prospérité éclipsée, puiser un enseignement pour l'avenir.

Des notes prises un peu partout, dans les livres, dans les archives, dans les journaux, et qui s'amassaient peu à peu depuis déjà longtemps, ont formé la chaîne de cette monographie. En la mettant sur le métier nous n'y avons ajouté que la trame nécessaire pour former l'étoffe.

Nous serions heureux d'avoir réussi à faire un tissu aussi solide et d'aussi bonne qualité que le vieux cadis de Montauban.

NOTICE HISTORIQUE

SUR LA

FABRICATION DES DRAPS

A MONTAUBAN.

S'il est une industrie qui puisse revendiquer une antique origine, c'est à coup sûr celle qui consiste à tisser les étoffes.

L'homme, dès son apparition sur la terre, dut s'industrier pour trouver les moyens de combattre la fraîcheur des nuits, la rigueur des saisons. Dans les temps primitifs, la dépouille des bêtes sauvages suffisait ; mais comme, par sa nature, elle se prêtait difficilement aux mouvements du corps, les hommes cherchèrent à la remplacer par une matière plus souple et en même temps plus appropriée à leurs besoins.

Dès la plus haute antiquité les livres saints, les historiens, les poètes, font mention des étoffes de laine servant de vêtements aux peuples de l'Asie. Ces étoffes furent employées les premières à cause de leur souplesse, de leur solidité et de la chaleur qu'elles développent, mais surtout à cause de la facilité qu'avaient les peuples pasteurs de se procurer les matières premières.

Les anciens ont attribué à différents pays l'invention de l'art du était tributaire des grandes manufactures de Flandre et de Normandie.

Rouen possédait, en effet, en 1190 des cuves à fouler et des chaudières pour la teinture des draps, et l'Italie était renommée pour l'apprêt que les Florentins savaient donner aux marchandises venues de France.

Au XIVe siècle, alors que le luxe avait envahi toutes les classes de la société française, et que la bourgeoisie et le peuple luttaient d'élégance avec la noblesse, on constate une profusion d'étoffes de laine venant de tous les points de l'Europe.

La nomenclature en serait longue, si l'on citait seulement celles qui étaient vendues à Montauban, concurremment avec les étoffes de soie et de lin. La Normandie était toujours le centre principal d'approvisionnement de nos marchands, qui débitaient en outre des draps marbrés de Malines, tannés de Courtray, mêlés d'Ipres et de Bruxelles, enfin les draps rosets et blancs de Montoulieu, de Rodez, de Saint-Antonin et de Montauban, *desta vila*.

Il est reconnu, en effet, que la fabrication des draps était en pleine activité dès le milieu du XIVe siècle. Les livres de comptes des frères Bonis, — cette mine féconde, à laquelle on peut sûrement recourir lorsqu'on veut avoir un renseignement sur notre cité ou sur ses habitants au début de la guerre de Cent ans, — font mention très souvent de tisserands, *theisendiers*, qui fabriquaient ces draps blancs et rosets, dont il vient d'être question. Il y avait aussi les tondeurs, *tondeires*, qui enlevaient le poil des étoffes au moyen d'énormes ciseaux ou forces, *forsas*, en usage depuis les Romains ; les apprêteurs ou foulonneurs, dits *baisaires*, qui donnaient la dernière façon, après que les *tenchuriers*, établis sur les rives du Tarn et du Tescou avaient fait leurs opérations de teinture.

Tout le cycle nécessaire des travailleurs de la laine était donc représenté à cette époque dans notre population ouvrière, et nous ajouterons, comme détail précieux, que le drap de Montauban était employé de préférence pour les cottes hardies (cotardias), vêtement extérieur des femmes, ce qui prouverait une certaine perfection dans la fabrication.

Voilà donc un premier jalon qui nous indique l'époque approximative de la création de nos premières manufactures montalbanaises. Nous allons bientôt les voir prospères et entourées de privilèges et d'immunités qui en favorisèrent rapidement le développement.

Les jours de tristesse et de ruines qui furent le cortège de la guerre de Cent ans dans nos contrées, commencèrent au milieu du XIVe siècle pour ne finir que bien des années après. Montauban, convoité par les deux partis, se trouva dans une situation particulière. Lorsque cette ville dut se rendre aux Anglais après la paix de Brétigny et sur l'ordre formel du roi Jean, elle fit payer sa soumission forcée par la ratification de ses coutumes et de ses privilèges; mais elle eut bientôt secoué le joug britannique.

Pendant les troubles l'industrie se trouva nécessairement dans un état précaire au point de vue de l'exportation dans les provinces éloignées; mais il est certain, d'un autre côté que ces troubles mêmes ne nuisirent pas à la prospérité des fabriques naissantes, qui restèrent seules à suffire aux besoins du pays.

L'année 1369, qui marqua le glorieux retour de la cité Montalbanaise dans l'hégémonie nationale, fut en même temps le signal de faveurs sans nombre de la part du roi de France, lequel ne pouvait qu'accroître encore les privilèges accordés par les Anglais. Les archives de Montauban contiennent des lettres patentes de Louis d'Anjou, du roi lui-même, donnant à notre ville une importance exceptionnelle et une liberté politique toute spéciale. La trêve avec l'Anglais ne pouvait être faite sans l'assentiment de nos consuls, un subside serait levé pendant 20 ans sur toutes les denrées et marchandises importées; les habitants étaient exemptés de la juridiction du maître des eaux et forêts. Enfin, les Montalbanais obtenaient le privilège exhorbitant de pouvoir transporter dans tout le royaume leurs marchandises sans payer de péage, ce qui fait dire à un historien que nos marchandises voyageaient librement sur le Rhône et la Saône, « au grand scandale des gens du fisc. »

Une autre création utile eut lieu cette année et accrut l'importance commerciale de notre ville; c'est l'établissement de deux foires : Saint-Jacques (25 juillet), Saint-Géraud (13 octobre). Ces foires étaient le grand rendez-vous des marchands des provinces voisines, et, pendant les trois jours de leur durée, il se traitait de nombreuses affaires sur les laines et les étoffes, ainsi que sur les animaux d'élevage.

Au commencement du XVe siècle nous voyons nos marchands, jaloux de leurs droits, chercher à rendre impossible la concurrence des étrangers. Libres échangistes par tempérament, ils réclament la protection pour eux contre les étrangers, mais n'oublient pas de se prévaloir de leurs franchises vis-à-vis des droits de transit.

Leurs doléances sont basées sur « la stérilité des fruits, mortali- « tés et autres charges qu'il leur a convenu supporter. » Ils se prétendent « moult grévés » et lésés par la présence de marchands étrangers qui « apportent hors des foires » les denrées et autres objets, « au très grand préjudice de la chose publique. » Le roi Charles VI, faisant droit à ces réclamations, défendit l'introduction des marchandises en dehors des foires, et encore ces jours-là les étrangers devaient-ils acquitter des droits sans nombre.

On comprend combien ces édits favorisaient le commerce local et par suite quelle extension durent prendre nos fabriques, surtout si l'on songe qu'à cette époque notre ville était le centre le plus important où venaient s'approvisionner le Quercy et une partie du Rouergue.

Cet épanouissement de notre industrie devint si considérable, qu'à la fin du XVe siècle, en 1499, les marchands montalbanais fondèrent un établissement qui montre combien les relations commerciales s'étaient élargies « et qui fut la principale cause des développements qu'elles reçurent dans la suite. » La Bourse commune des marchands de la Garonne avait pour but « d'améliorer la na- « vigation de la rivière et de maintenir l'indépendance du com- « merce en brisant les entraves que lui suscitaient les seigneurs « féodaux. »

Il faut, pour l'intelligence de ces derniers mots, rappeler que les seigneurs riverains des cours d'eau percevaient des péages sur les bateaux chargés de marchandises. On verra plus loin que la navigation de la Garonne était fort onéreuse, même au siècle dernier. Louis XVI, pour favoriser le commerce, racheta le plus grand nombre de ces péages.

L'antagonisme éternel entre le Nord libre échangiste et le Midi protectionniste n'avait pas perdu de son intensité : tandis qu'à Rouen les manufacturiers demandaient et obtenaient la libre introduction des laines et même des draps étrangers, nos consuls gardaient leurs droits de barres, et conservaient l'exemption de ces mêmes droits dans tous les marchés des sénéchaussées de Toulouse et de Carcassonne. Ce traitement exceptionnel pour notre cité indique quel prix les rois de France attachaient à sa possession.

« Une nouvelle cause, dit l'annotateur de l'*Histoire de Montauban*, vint agrandir le cercle des spéculations auxquelles se livraient les Montalbanais. François Ier, par les sages traités qu'il fit avec la Turquie, ouvrit les trésors immenses de l'Orient aux négociants français, qui dès 1530 étaient seuls maîtres de tous les marchés sur les côtes de l'Archipel et de la mer Noire. Ce commerce jeta de grandes richesses dans le Midi de la France et..... excita cette ardeur industrielle qui se fit sentir (à Montauban) à cette époque,..... (au point que) les consuls autorisèrent à travailler sur la place publique, les ouvriers qui étaient trop nombreux pour trouver place dans les ateliers. »

Cette prospérité fut bientôt troublée. Les horreurs de la guerre civile qui ensanglanta nos contrées pendant de si longues années, étaient de nature à la compromettre. La plus grande majorité des habitants de Montauban avait embrassé la religion nouvelle, et presque tous les fabricants se jetèrent avec ardeur dans la Réforme, apportant au service de cette cause leur intelligence, leur influence, leur fortune. On ne peut douter que ce fut là un puissant appui pour le parti calviniste.

La prise de la Rochelle mit fin à la guerre religieuse, qui fut suivie d'une période de calme relatif, pendant laquelle on vit se développer d'une façon régulière l'organisation des corporations ouvrières, dont quelques-unes étaient déjà établies depuis le XIVe siècle.

Ces corporations avaient pour but de réglementer l'exercice des professions, et pour résultat précieux d'offrir aux patrons un recrutement excellent d'ouvriers exercés. Elles avaient, en outre, l'avantage de donner un nouvel essor à ces traditions de solidarité, de confraternité, que les anciennes confréries déjà existantes dans notre ville avaient implantées dans la population laborieuse.

Par l'établissement des maîtrises on empêchait la concurrence déloyale, et ces institutions combinées rendaient de grands services en écartant, dans la mesure du possible, les difficultés inévitables de l'antagonisme des patrons et des ouvriers.

A ce moment on fabriquait encore à Montauban des draps communs, dont la consommation diminuait chaque jour par suite de leur peu de bonté et de leur peu de durée.

« C'est alors que plusieurs fabricants imaginèrent, pour rétablir leurs affaires, de changer entièrement leur fabrication en imitant les serges drapées qui se faisaient dans plusieurs endroits du Languedoc, et appelées *cadis*; et en augmentant d'une part le nombre de fils en chaîne pour leur donner plus de force, et d'autre part en employant les laines les plus fines, ils parvinrent à faire une étoffe aussi épaisse que les draps, et d'un meilleur usage par sa croisée. » (*Mémoire inédit sur les manufactures.*)

La principale manufacture qui fabriqua des cadis et des rases drapées, avait été établie vers l'an 1626. Elle était dirigée par David d'Aignan et Jean, son fils, dont les produits étaient fort goûtés des marchands, et reçurent le nom de Cadis d'Aignan. Un apprêt spécial, semblable à celui que l'on donnait aux draps les plus fins, contribua à faire préférer les cadis d'Aignan aux anciens draps de Montauban. Aussi, l'exemple fut suivi par un autre fabricant, gendre de d'Aignan, nommé de Serres. Celui-ci, à son tour, fit des cadis qui reçurent son nom.

Vers l'année 1673, David d'Aignan, voyant que son fils Jean, par suite de son état de santé, ne pouvait continuer son industrie, s'associa David Vialètes, et lui donna une de ses filles en mariage. A sa mort, survenue en 1674, il laissa son cachet à sa veuve et à son gendre, qui ajouta à son nom celui de son beau-père. Nous verrons plus tard que le succès de cette maison se perpétua pendant près d'un siècle et demi.

D'après les lettres patentes de 1776, David Vialètes appartenait à une famille noble, venue du Rouergue, où elle possédait un fief de ce nom. Plusieurs de ses membres s'étaient distingués dans les guerres de Religion.

Colbert, par ses lieutenants les intendants de province, favorisait alors d'une manière très efficace notre industrie nationale.

Les Mémoires de ces intendants et la correspondance du ministre montrent à chaque page quelle fut la sollicitude du successeur de Mazarin pour tout ce qui touchait aux manufactures locales.

Le 28 avril 1679, entre autres instructions, Colbert disait : « Sa Majesté veut que vous examiniez l'état auquel sont le commerce et les manufactures de la Généralité ; » et en 1680 : « Il est bon que vous exerciez le peuple et à la culture des terres et aux manufactures. » La même année, en leur recommandant de visiter la Généralité, il insiste sur les manufactures, les moyens de les augmenter et la possibilité d'en établir de nouvelles.

Le ministre descend même jusqu'au détail : à propos des commis des manufactures, il décide qu'ils seront payés sur le sol exigé pour le métrage de chaque pièce d'étoffe, et demande avec instance de veiller à l'observation des règlements sur les manufactures. En 1683 il demande à Foucault son avis sur la suppression des offices d'auneurs, marqueurs et visiteurs de draps et étoffes de laine et de fil. Ces offices furent maintenus.

Son édit célèbre de 1664 sur les douanes fut un pas immense dans la voie des réformes en matière de transit, et supprima bien des barrières intérieures, funestes au commerce ; mais Montauban et ses environs faisaient partie d'une *province étrangère*, c'est-à-dire n'acceptant pas les bienfaits de cette mesure, et réfractaire aux idées libérales du ministre.

Néanmoins, celui-ci étendait sa sollicitude à tous les travaux publics qui avaient pour but de faciliter les communications : routes, canaux, amélioration des rivières navigables ; tel est le programme qu'il trace à ses auxiliaires. Près de nous, le canal de Languedoc promet une voie sûre et économique vers l'Océan et la Méditerranée ; la navigation du Tarn, du Lot et de la Garonne, est rendue facile par des travaux importants.

Les plus grandes faveurs étaient accordées aux fabricants : subventions, honneurs, exemptions, tout était mis en œuvre pour exciter leur émulation; ce système réussit, et l'intendant Sanson, dans un mémoire sur la Généralité de Montauban, écrivait à propos de nos manufactures en 1698 :

« On fabrique à Montauban et dans les bourgs des environs, des étoffes appelées cordelats, cadis et raquères, qui sont assez belles et de bon usé. Les ouvriers des environs portent ce qu'ils travaillent. Il y vient aussi du Nébouzan et du voisinage des Pyrénées quantités de cadis qui s'y perfectionnent par l'apprêt que l'on y donne... La plus grande partie de ces étoffes descendent à Bordeaux par Tarn et la Garonne, et se débitent aux foires qui s'y tiennent deux fois l'année. Partie se porte à Bayonne, et presque tout se débite aux étrangers. »

La révocation de l'Edit de Nantes passe pour avoir causé un grand dommage au commerce de Montauban, parce que l'immense majorité des fabricants, des cardeurs, tondeurs et autres ouvriers étaient calvinistes. Cependant, il est aujourd'hui certain que les émigrations pour cause de religion furent peu nombreuses parmi nos industriels, dont la plupart se résignèrent pour la forme à renoncer à la pratique de leur religion, sauf à se dédommager de cette contrainte dans les assemblées du Désert, et les autres laissèrent quelques parents à la tête de leur industrie et de leurs propriétés.

Ce fait est en outre constaté par l'historien Capefigue, qui, dans son histoire de Louis XIV, parlant des suites de la Révocation, déclare, avec preuves à l'appui, que peu de marchands ou de manufacturiers s'exilèrent: « *c'est une erreur de l'avoir écrit.* »

D'ailleurs un procès-verbal d'abjuration daté du 23 août 1685, que nous possédons, montre que presque tous nos grands fabricants déclarèrent officiellement « qu'il n'y avait point de cause légitime pour demeurer séparés et qu'ils peuvent faire leur salut dans la communion romaine; » et parmi les signataires nous remarquons les protestants les plus connus. En compulsant la nomenclature des fabricants, dressée quelques années après, on retrouve absolument les mêmes noms.

Au commencement du XVIIIe siècle, d'après l'*Histoire du*

Querci, les manufactures montalbanaises s'étant perfectionnées , « nécessitèrent aussi de perfectionner l'art d'apprêter et de teindre les étoffes. Montauban devint bientôt, pour cet objet, l'entrepôt général de tout le Languedoc. Trop resserrés dans l'enceinte de 'la ville, la plupart des commerçants fixèrent leur séjour dans le faubourg Villebourbon, dont l'heureuse situation sur les bords de la rivière favorisait les différentes opérations de leur négoce. »

Nous trouvons dans le *Mémoire historique sur la généralité de Montauban*, par Cathala-Coture, à l'article manufactures, des renseignements intéressants sur notre industrie locale vers 1710.

Après avoir constaté que par suite des guerres, des mauvaises récoltes et de la gelée de 1709, le commerce subit une crise, l'auteur examine aussi la question des droits et péages successifs, fort préjudiciables aux fabricants :

« Les habitants du Quercy, dit-il, avaient autrefois un privilège particulier de négocier dans toutes les terres et pays de l'obéissance de Sa Majesté, sans être assujettis à payer aucuns droits forains que lorsqu'ils enverraient leurs marchandises dans les pays étrangers, et ces droits mêmes ne se levaient que sur la frontière.

« Cependant, ajoute notre auteur, on a créé à Auvillars, et en d'autres endroits, des bureaux où on exige les droits sur toutes les marchandises à destination de Bayonne, tandis qu'on ne devrait les percevoir que sur celles à destination de l'Espagne.

« Chose bizarre : ces droits, qui étaient autrefois de 7 l. 16 s. 3 d. par quintal de draperie et 5 l. 14 s. 7 d. pour les petites étoffes, ont été diminués de moitié pour les marchandises qui passent en Espagne, tandis qu'ils sont maintenus pour celles consommées dans le pays. »

Les marchandises du Quercy passant dans l'Agenais payaient également les droits forains, parce que l'Agenais était pays étranger par rapport au Quercy.

Pour donner une idée des entraves que les péages apportaient au commerce, nous dirons que de Bordeaux à Toulouse on en levait 44 : 16 de Toulouse à Auvillars, 28 d'Auvillars à Bordeaux. Ceux qui appartenaient au roi étaient perçus à Auvillars, les autres dans diverses seigneuries. Les marchands ne récriminaient pas contre ceux du roi, qu'ils considéraient comme un impôt, mais seulement contre ceux des seigneurs.

Un exemple montrera l'exagération de ces péages : une balle de draps pesant 3 quintaux, allant de Montauban à Bayonne, était grevée de 36 l. 7 s. 3 d. de droits.

Cet état de choses amena la concurrence des Anglais, qui, ne payant pas chez eux le droit de sortie, luttèrent avec avantage par leur bon marché contre nos industriels, écrasés par ces lourdes charges. Aussi, sur les justes doléances de nos compatriotes, le gouvernement diminua en 1716 les droits de sortie de France, sur les petites étoffes de laine fabriquées dans la Généralité de Montauban.

Les archives communales possèdent plusieurs registres qui nous donnent des détails précis sur la phase la plus brillante de l'industrie des tissus de laine à Montauban ; c'est le livre des marchands, renfermant les diverses opérations de la chambre syndicale, dont le fonctionnement fut un grand bienfait.

Le premier de ces registres commence vers 1709; on remarque tout d'abord les noms des inspecteurs généraux chargés de la surveillance des manufactures de la Généralité, et celui des gardes jurés nommés par l'assemblée des commerçants.

En même temps on y relève une liste de facturiers ou fabricants exerçant leur industrie en 1709. Ils sont au nombre de 235, chiffre qui pourrait être exagéré si nous ne l'avions vérifié avec le plus grand soin en copiant les noms de tous ceux qui figurent dans cette nomenclature.

L'établissement des inspecteurs généraux par Colbert fut une mesure excellente, qui préserva pendant un siècle nos fabriques de la décadence, en s'opposant, dans la mesure du possible, à la fraude des petits facturiers. Le premier, nommé le Poupet, s'était signalé par diverses mesures intelligentes. Il eut pour successeur, vers 1702, Lepage du Valle, qui s'acquitta de ses fonctions pendant 16 ans avec tant de dévouement, que l'intendant demanda pour lui en 1718 une gratification, et qu'en 1720 la survivance de sa charge fut donnée à son fils par le duc de Villeroy, alors ministre du commerce.

Sur la réquisition de Lepage, en 1711, et en vertu de l'ordonnance de Colbert, « chaque manufacturier dut faire inscrire au livre des marchands ses noms et qualités de maîtres, faute de quoi ils ne pouvaient exercer la maîtrise sans la permission des juges du lieu ou sans faire apprentissage, et afin que tous autres ne puissent s'immiscer dans ladite profession, sous peine de confiscation des étoffes et de 150 livres d'amende. »

A la même époque, on constate des condamnations prononcées contre divers marchands qui avaient fabriqué des pièces trop étroites. Une amende de 3 livres fut appliquée à Jean Nègre, Antoine Boussarot et Michel Albrespy. Nous citons ce fait pour montrer combien la surveillance devait être sévère.

En 1711, d'après le livre des marchands, la fabrication des cordelats, cadis et rases était si importante que les foulons de la ville ne pouvaient suffire, et les fabricants étaient obligés de porter leurs étoffes aux foulons de la campagne.

D'un autre coté les tondeurs et les presseurs, s'étant syndiqués et s'étant donné des statuts, les négociants se plaignirent à l'intendant et l'affaire fut portée au parlement de Toulouse. Dans leurs doléances ils disaient: « L'intelligence des tondeurs tend à la destruction de la manufacture, en ce que s'il y avait maîtrise desdits tondeurs et presseurs, il n'y aurait pas une si grande quantité d'ouvriers par la difficulté qu'il y a de parvenir à ladite maîtrise et que même ils augmenteraient le prix de l'apprêt des marchandises. »

Un arrêt du Conseil d'État, en date de 1714, termina l'affaire des tondeurs en les déboutant de leurs prétentions.

Les produits de Montauban continuant à jouir « d'une grande réputation, non-seulement dans la province et dans le royaume, mais encore dans les Etats les plus reculés, » le corps des marchands décida d'obliger les facturiers « à faire plomber et enregistrer les chaines couleur de la bête avant de les teindre. » On voit quelle était la préoccupation constante de nos marchands: éviter la fraude par tous les moyens possibles.

On n'y parvenait pas toujours, mais il ne se passait pas de saison où l'on n'opérât de saisies ; la correspondance des intendants avec les ministres est remplie de ces exemples de sévérité.

Les visites des gardes-jurés accompagnés de l'inspecteur étaient presque toujours suivies de saisie et provoquaient souvent des scènes de désordre ; en 1713 un marchand pris en contravention fut puni de 8 jours de prison pour avoir menacé l'inspecteur du poing, et lui avoir porté son pied dans l'estomac, sans l'atteindre heureusement, et de plus avoir voulu « lui crever le ventre avec une barre, ce qui ameuta 200 personnes. » Ledit marchand était accusé d'avoir tissé une pièce sur chaîne teinte; « tous les autres le faisant, il avait cru pouvoir le faire. »

Il était donc défendu de faire travailler aucune étoffe sur chaînes teintes en fil, sous peine de 100 livres d'amende ; pareille peine était édictée contre les teinturiers. Le nombre des portées et fils nécessaires aux diverses qualités fut l'objet d'une règlementation en 1722 : « Les cadis auront 31 ou 33 portées pourvu qu'elles pèsent plus de 16 livres, ou 34 pourvu qu'elles pèsent plus de 15 livres, le tout de 18 *sinials*, pour en avoir en tout 26 cannes ; les cordelats blancs auront 44 portées parce qu'ils doivent être de meilleure laine et filés plus fins, etc., etc. »

Depuis cette époque, toutes les pièces devaient être apportées à l'hôtel de ville pour être marquées du sceau du contrôle et du contre-sceau des gardes jurés de l'année. Les empreintes de ces sceaux sont reproduites encore dans le registre, à chaque renouvellement des dits gardes.

Le 18 mars 1727 un arrêt du Conseil d'Etat ordonna une assemblée à Montauban de tous les fabricants de la Généralité, dans laquelle seraient discutées les mesures propres à maintenir la prospérité du commerce et l'exécution rigoureuse des règlements.

En même temps une excellente mesure fut prise : l'enregistrement de tous les tisserands ou sergeurs de la ville : cette inscription faite avec beaucoup de régularité donne la mesure de l'importance que la fabrication des draps avait acquise dans notre ville, puisqu'elle constate qu'il y avait 54 sergers à Villenouvelle, 29 à

Sapiac, 64 à Lacapelle et au Moustier, et 54 à Villebourbon, ce qui donne un total de 195 métiers, auxquels il faut ajouter ceux des localités voisines du chef-lieu.

L'assemblée générale des marchands eut lieu en 1728; il y vint des fabricants de Réalville, de Négrepelisse et autres lieux. L'intendant Pajot, qui y était représenté par Lepage, constata que les manufacturiers se relâchaient quelque peu et n'observaient pas strictement les règlements. Aussi quelques modifications y furent apportées, et un arrêt du Conseil édicta le 18 janvier 1729 l'obligation pour tous les fabricants de tisser leur nom au bout de chaque pièce avec le lieu de fabrication.

Quelques jours avant, un autre arrêt avait ordonné « que les draps, serges et autres étoffes devront être marqués dans les bureaux des villes où ils passeront, s'il n'y a pas de contrôle dans les lieux où ils sont envoyés. »

Toutes ces prescriptions, tous ces règlements prouvent combien le gouvernement avait à cœur la prospérité de nos fabriques, qui ne pouvaient faire concurrence aux produits étrangers que par la bonté de la marchandise et la garantie offerte à l'acheteur.

Tout est prévu par la sagesse des intendants et des inspecteurs, dont l'activité et la compétence sont vraiment admirables : rien ne leur échappe, ils veillent à tout ; il n'est pas de sage mesure qu'ils n'adoptent; et s'ils ne peuvent arrêter la fraude, il est certain — les registres des marchands en font foi — que leur surveillance ne se ralentit pas. Les saisies se continuent journellement et les amendes pleuvent sur les délinquants.

Cette sollicitude descend aux plus petits détails : le 18 janvier 1729 un arrêt ordonne que les foulonneurs et tondeurs ne pourront se servir que de chardons, à l'exclusion de toutes cardes en fer ou autres machines. Dans une nouvelle assemblée tenue le 21 janvier 1730, Lepage fait décider qu'il sera ordonné aux gardes jurés de faire exactement la visite des laines tous les jours de marché, et journellement dans les magasins où elles se trouvent exposées. Défense de les vendre sans qu'elles aient été visitées.

Une nouvelle fraude, qui devait prendre plus tard l'importance d'une industrie et décrier les fabriques du Midi, commençait à être pratiquée assez communément à Montauban. Elle consistait à faire servir les bouts de pièce, hâchés et filés de nouveau pour faire la trame : en somme un peu comme l'effilochage d'aujourd'hui. Grande émotion à cette découverte, saisie de pièces trouvées séchant sur le Pont, amendes de 50 livres afin d'arrêter cette fraude qui pouvait ruiner le commerce.

En 1684, les sergers ou tisserands avaient dressé des statuts qui avaient été approuvés par le juge de police, mais qui furent cassés, sur l'opposition des fabricants ; revenant à la charge en 1727, les tisserands demandèrent de nouveau des statuts, mais un arrêt du 6 juillet de 1728 leur défendit de présenter de nouveau « pareille requête, parce qu'ils ont négligé leur profession et qu'ils se jouent de la surveillance, amenant ainsi des amendes et des saisies, etc. »

Une grande émotion fut causée par la demande faite par les consuls aux fabricants, de donner la liste de tous ceux de 16 à 40 ans de leur profession, pour tirer au sort ; plusieurs assemblées eurent lieu à ce sujet, et cette affaire se termina par une transaction. La Chambre obtint de fournir quatre miliciens volontaires qui seraient équipés aux frais de tous.

Dans l'assemblée générale du 11 avril 1734, Lepage fit observer que depuis plusieurs années un grand nombre de sergers fabriquaient des mignonettes, grisettes, étamines, burats, férandines et autres étoffes, sans être astreints à la marque ; à l'unanimité l'assemblée demanda que cette industrie fût, comme celle des draps, régie par des règlements.

L'intendant Lescalopier soumit en 1744 à l'appréciation de l'assemblée des marchands de notre ville, un projet « de règlement des cordelats, cadis et rases qui se fabriquent à Montauban et dans la Généralité. » Les marchands présentèrent leurs observations sur chacun des 40 articles de ce règlement. Il nous paraît curieux d'en indiquer les principales prescriptions : Réglementation de la largeur des pièces et de la longueur de la chaîne (art. 1 à 8.) Les laines devront venir d'Espagne, de la plaine de Grenade ou de Verdun sur Garonne ; défense d'employer des laines du Levant, *pelades* ou de boucherie, agnelaises ou autres du même genre (art. 9). Les cadis seront fabriqués avec les escots et le grossier provenant du triage des bonnes laines (art. 10). Prohibition, et confiscation et brûlement prononcés contre les laines du Levant (art. 11). Défense de teindre les chaines en fil (art. 12). Les fileuses sont tenues de venir chercher et rapporter leur travail (art. 13). Prescriptions sur les déclarations d'envoi des laines (art. 14-15-16). Fonctions des gardes jurés chargés de recevoir des ballots de laine (art. 17-18). Les tisserands et les fabricants de peignes sont tenus de se conformer aux ordonnances pour le nombre des fils, etc. (art. 19-20). Distinctions entre les diverses étoffes au moyen des chefs de pièce de différentes couleurs (art: 21). Le nom et le lieu de fabrication doivent être brodés au bout de chaque pièce (art. 22). Pénalités contre les contrevenants (art. 23). Règlement pour les foulonneurs (art. 24-28), les tondeurs (art. 28-29-31-33), le droit de visite (art. 30-35). Paiement comptant des salaires des ouvriers (art. 34). Inscription des fabricants (art. 37). Tenue du registre des gardes (art. 38). Bureau des marchands (art. 40). Election des gardes-jurés (art. 42). Procès-verbaux (art. 43). Compétence des juges des manufactures (art. 45).

Le règlement ci-dessus analysé fut discuté dans l'assemblée du 10 novembre 1744, en présence des consuls Mène, Rozières, Rigal, Marqueyret, des juges de police, et du sieur Lepage, inspecteur; des marchands en gros et en détail, fabricants, sergers, tisserands, tondeurs, apprêteurs, foulonniers, teinturiers et savonniers, tant de la ville que des environs, pour être envoyé au Contrôleur général et homologué par le Conseil d'Etat. Quelques modifications de détail furent adoptées.

Dans une autre assemblée générale, tenue le 24 janvier de l'année 1745, Lepage fit observer que l'on ne saurait trop surveiller le foulage des étoffes; que des plaintes lui parvenant, il proposait de prendre des mesures très sévères touchant cette opération. Il est dit que les foulonniers ne devront en aucun cas s'éloigner ni jour ni nuit de l'auge contenant les pièces.

Le 11 février, les règlements commencèrent à être mis à exécution, et une condamnation à 50 livres d'amende fut prononcée contre un délinquant.

Lepage mourut à cette époque ; il eut pour remplaçant Barbot, qui fut installé le 25 mai 1745.

Le règlement général fut promulgué le 12 mars par ordonnance de Lescalopier, après arrêt du Conseil d'Etat. Il y eut peu de changements apportés au projet élaboré par les marchands.

Conformément au règlement général, le 1er avril 1745, un registre fut ouvert pour l'inscription des manufacturiers en drap de la ville de Montauban. Nous avons copié en entier cette liste, qui comprend les inscriptions jusqu'en 1776. En 1745 il y a 170 noms de fabricants qui déclarent entretenir un grand nombre de métiers dans la ville et 90 dans les communautés voisines. Les inscriptions faites dans les années suivantes se répartissent ainsi : 5 en 1746 ; 2 en 1747 ; 2 en 1748 ; 11 en 1749 ; 35 en 1750 ; 13 en 1751 ; 2 en 1752 ; 5 en 1753 ; 19 en 1754 ; 5 en 1755 ; 17 en 1756 ; 10 en 1757 ; 15 en 1758 ; 5 en 1759 ; 8 en 1760 ; 7 en 1763 ; 8 en 1763 ; 4 en 1764 ; 6 en 1766 ; 3 en 1769 ; 6 en 1770 ; 3 en 1771 ; 4 en 1773 ; 3 en 1774 ; 6 en 1775 ; 1 en 1776 ; au total, 370 fabricants inscrits durant une période de 30 ans.

Il serait trop long de reproduire cette liste, mais nous pouvons dire qu'on y retrouve les noms des principales familles de notre ville, dont les honorables traditions de loyauté et de probité sont restées légendaires dans la population montalbanaise.

Vers la fin de 1745, le corps des fabricants dut se cotiser de nouveau pour pourvoir au paiement et à l'entretien de trois miliciens remplaçant les fils des industriels désignés pour ne faire partie

Comme on le voit, l'activité des intendants et de leurs auxiliaires ne se démentait pas ; chaque page des registres fait mention de quelque nouvelle mesure prise dans l'intérêt des manufactures, et nous arrivons ainsi jusqu'à l'année 1746, époque à laquelle de grandes faveurs furent accordées à nos fabricants les plus importants.

Dans la séance du 29 mars 1746, François Dubu-Saplonière, chargé de remplacer momentanément Barbot, se présenta au corps des marchands et leur annonça que Sa Majesté venait d'octroyer aux frères Jacques et Etienne Vialètes d'Aignan, des lettres patentes d'érection de leur maison en manufacture royale, et requit l'enregistrement des dites lettres, dont voici les principales dispositions :

Dans la requête il est dit : que les sieurs Vialètes d'Aignan et leurs ancêtres se sont successivement occupés du commerce et de la fabrique ; dès 1627, David Vialètes (1) imagina les *Cadis*, espèce d'étoffe dont la consommation est si considérable, que sa fabrication et celle des bas au tricot donne de l'occupation à plus de vingt mille personnes de l'un et de l'autre sexe; que, de tous temps, ces fabricants se sont toujours distingués par leur perfection dans la fabrique, et que leurs cadis ont toujours été recherchés par préférence à ceux des autres ; qu'ils se sont constamment opposés aux fraudes et aux abus ; que Jacques Vialètes l'aîné, après avoir été garde-juré, est resté six ans juge des manufactures ; qu'il a fait à ses frais, avec l'inspecteur Chrétien, des tournées dans la Généralité pour préparer la confection des nouveaux règlements ; qu'en considération de ces services, la noblesse doit leur être accordée pour eux et leurs descendants, etc., etc.

« A ces causes, le roi, après avis du Conseil d'Etat confère le titre de manufacture royale à la fabrique des frères Vialètes d'Aignan, avec prérogatives et exemptions, remise de moitié sur les droits d'entrée de leurs laines; exemption des charges publiques pour eux, leurs successeurs, leurs trois contre-maîtres, deux de leurs commis, leur teinturier, leur foulonneur, et deux de leurs principaux tisserands ; enfin, ils sont autorisés à marquer leurs pièces d'un plomb portant d'un côté leur nom, de l'autre les armes du roi avec les mots : *Manufacture royale de cadis* ; à mettre la même inscription sur un tableau placé à la porte de leur manufacture et à y établir un portier à la livrée de Sa Majesté. »

Ces faveurs extraordinaires étaient amplement justifiées, nonseulement par la grande renommée de la fabrique Vialètes, mais surtout par l'infatigable activité de son chef, qui, dans le registre

____

(1) On a vu précédemment que c'était David d'Aignan qui avait inventé les cadis qui portaient son nom, et non David Vialètes, qui n'était pas encore en 1627 l'associé de d'Aignan, et était d'ailleurs fort jeune à cette époque.

des marchands, se montre constamment à l'œuvre dans l'intérêt du commerce.

Pendant les années 1746 à 1749 les saisies les amendes pleuvent sur les délinquants, auxquels l'inspecteur Barbot faisait une chasse acharnée.

Le 14 mars 1748, dans l'assemblée générale, Barbot constate l'introduction clandestine, chez les tondeurs et apprêteurs, « de cardes de fer qui décordent et dégradent entièrement les étoffes, et les rendent très-minces et d'un mauvais usage, et cela malgré les règlements. » Il propose de prendre en location un magasin où les apprêteurs seront tenus de venir faire leur travail sous la surveillance d'un commis.

Les marchands s'opposèrent à cette mesure, vu leur peu de ressources, mais ils proposèrent un autre expédient, consistant à faire prêter serment à tous les tondeurs, apprêteurs et garnisseurs de ne jamais se servir de cardes en fer.

La confiscation de deux pièces de cordelat, appartenant à Serres cadet, souleva une tempête et une discussion des plus serrées sur l'observation du nombre des fils, et il ne fallut rien moins qu'un arrêt du Conseil d'Etat pour donner raison à l'Intendant contre les juges des manufactures, qui avaient conclu en faveur de Serres.

Barbot fut remplacé momentanément en 1748 par Nicolas Barbot du Vieux-Moulin, inspecteur des manufactures de la ville, et plusieurs fois par Etienne Vialètes dans ses importantes fonctions.

Le 2 janvier 1749, le roi ordonna par lettres patentes que les ouvriers obtinssent un congé écrit de leurs maîtres avant de les quitter, et défendit aux fabricants d'en prendre qui n'aient pas ledit congé. C'était là une mesure excellente, qui paraît à des abus sérieux, dont les marchands se plaignaient depuis longtemps.

Du reste, pendant les cinq années qui suivirent, c'est-à-dire jusqu'en 1754, le registre est rempli de contestations, procès, saisies, plaintes portées devant la Chambre, qui jugeait les délinquants et réglait ces diverses affaires avec la plus grande équité. On y remarque en outre l'apposition régulière des empreintes du cachet des nouveaux gardes jurés à leur entrée en exercice.

Un nouveau registre comprend les années 1754 à 1785. C'est

toujours Barbot qui a le titre d'inspecteur de la Généralité. L'analyse de ce document continue à nous donner la physionomie exacte de la vie manufacturière de notre cité.

Le traitement des inspecteurs et contrôleurs des manufactures était à la charge des commerçants; en 1759 la corporation, pour faire face à ces dépenses, dut emprunter une somme de 1,600 livres, et ce fut le receveur des taxes de la communauté, Herpailler Duchesneau, qui en fit l'avance.

Le 24 août 1759, le maire et les consuls convoquent extraordinairement le conseil des fabricants pour leur faire part de l'arrivée du maréchal duc de Richelieu, nommé gouverneur de la Province, qui devait faire prochainement son entrée dans la ville de Montauban. Le conseil délibéra aussitôt que le corps des manufacturiers se rendrait au-devant du duc et contribuerait aux dépenses d'habits d'uniformes qui seraient faits à cette occasion. En effet le 4 septembre, le maréchal arriva à Montauban, et parmi les corps constitués qui allèrent le recevoir, on remarqua un groupe de fabricants. La dépense occasionnée par cette fête s'éleva à 800 livres, qui furent l'objet d'un emprunt.

Le 27 septembre de la même année, le manufacturier Jeanbon, père du célèbre conventionnel, fut accusé d'un acte « unique et sans exemple, dont la singularité mérite la réprobation. » Son crime consistait dans l'achat de laines toutes filées, venant du côté de Saint-Affrique et autres lieux du Rouergue. Cette affaire causa un émoi considérable dans le corps des marchands, à tel point qu'une assemblée générale à laquelle sa conduite fut dénoncée, vota par 65 voix contre 2, un blâme et une condamnation à une amende de 600 livres avec saisie.

Jeanbon se défendit vivement, mais il dut enfin s'en remettre à l'Intendant pour trancher le différend.

A la suite de cette affaire, l'absence peut-être calculée de certains marchands aux assemblées du commerce ayant été signalée, le conseil obtint de l'intendant Lacoré une ordonnance d'après laquelle tous les fabricants inscrits au registre étaient tenus d'être exacts aux réunions sous peine de 50 livres d'amende, et autorisant la moitié des membres à prendre toutes délibérations aux périls et risques des absents. Cette ordonnance est datée du 23 août 1760.

Le 24 septembre suivant, notification fut faite aux intéressés de la délibération du 29 juillet de la même année, portant que nul ne pourra faire venir et employer à aucun usage des fils étrangers pour la trame des étoffes, sous peine de 500 livres d'amende et de la confiscation des pièces saisies. La récidive était également punie de 500 livres d'amende.

Nous trouvons dans un mémoire manuscrit, qui date de 1764, de curieux renseignements statistiques sur les manufactures et le commerce des étoffes dans la Généralité de Montauban à cette époque.

Ce document, destiné sans aucun doute à l'Intendant, mérite d'être analysé. Après avoir rappelé d'une façon assez exacte la fondation de la manufacture royale des frères Vialètes, il signale aussi celle de Joseph Serres, « qui a fait les mêmes efforts que Vialètes pour conserver et augmenter la réputation des cadis de son nom et pour obtenir les mêmes faveurs » que son parent.

Nous voyons, en effet, dans l'*Almanach* pour la Généralité que la fabrique de Serres de Prat jouissait du titre de manufacture royale et du grand plomb aux armes de France. Nous n'avons trouvé aucune trace de lettres patentes concédant ce privilége.

Revenant au Mémoire signalé tout à l'heure, nous y relevons le nombre des fabricants et ouvriers : « Indépendamment de ces deux principales fabriques, l'on compte à Montauban 160 maîtres fabricants qui occupent, tant dans la ville que dans les environs pour toutes les opérations de la fabrication des cadis 5,500 à 6,000 ouvriers. La largeur de cette étoffe est de demi aune et le prix de l'aune de 3 l. 10 s. à 4 l. 10 s. En blanc la longueur des pièces est de 35 aunes.

« Il se fait, années communes, 8 à 9,000 pièces de cadis, dont la valeur totale est de 1,190,000 livres.

« Les laines qui s'emploient dans les cadis sont en partie tirées de la province et des environs de Montauban, partie de la Navarre, de l'Aragon et autres provinces de l'Espagne.

« La proportion des laines du pays ou de Navarre et des laines d'Espagne employées, est de 367,500 livres pour les premières et de 187,500 livres pour les autres.

« Le prix de la main-d'œuvre et de la matière première s'élève à 920,000 livres : partant, le bénéfice est d'environ de 270,000 livres. Ces étoffes sont employées surtout par les artisans et les communautés religieuses.

« *Fabrique de droguets en laine et serges façon de Rome.* — Il s'est établi, depuis 2 ou 3 ans, une fabrique de droguets à l'imitation de ceux d'Angleterre, ainsi que des étoffes croisées tirées à long poil appelées bergobssums (1) et serges façon de Rome; les droguets sont de petits draps communs d'une demi-aune moins 1|24 de large faits avec des laines du pays, du prix de 2 l. 6 s. 8 d. à 2 l. 10 s. Les bergobssums sont des étoffes drapées, faites avec les laines les plus communes du pays, et filées très-gros, tant en chaîne qu'en trame, bien foulées et tirées à poil des deux côtés. La largeur est d'une demi aune, et le prix de 50 à 55 fr. l'aune. Les serges façon de Rome sont une imitation des calemandres non calandrées, de la largeur d'une demi-aune, de 3 l. 5 s. 3 l. 6 s.

« La consommation de ces différentes étoffes se fait dans le Languedoc, la Provence, le Lyonnais, l'Auvergne, le Limousin et oute la Guyenne.

« La fabrique de ces trois espèces d'étoffes se porte annuellement à 300 pièces, estimées en total à 33,000 livres.

« *Fabrique de bayettes.* — En 1762, il s'est fait un nouvel établissement de bayettes façon d'Angleterre pour la consommation d'Espagne. Les bayettes sont des étoffes non croisées fabriquées avec des laines de Navarre pour les chaînes et des laines du pays ou du Levant pour les trames. Ces étoffes sont de la largeur d'une aune 1|4 et d'une aune 1|2; il s'en fait de trois qualités : des communes, des fortes et larges et des superfines. Cette fabrique occupait, en 1764, tant à la filature qu'aux autres opérations, 120 ouvriers. Il a été fabriqué, dans le cours de la présente année 1764, 75 pièces de la longueur de 30 à 31 aunes et du prix de

---

(1) De Berg-op-Zoom, ville de Brabant, célèbre par les sièges qu'elle soutin et que les Français venaient de prendre en 1747.

120 à 140 l. la pièce, ce qui forme un total de ci.... 9,750 l.

« *Petites étoffes.* — Les burats qui se fabriquent à Montauban sont une espèce d'étamine commune de laine du pays, de 1\|2 aune moins 1\|24e de large, sur 40 aunes de long, du prix commun de 2 l. 10 s. à 1 l. 15 s. Cette fabrique occupe 25 à 30 métiers et environ 200 ouvriers. Il s'en fait, années communes, 350 pièces estimées en total, ci.   22,400 l.

« Cette étoffe est uniquement destinée pour l'usage des particuliers de la ville et des environs, et sert à l'habillement des enfants et des artisans. »

Dans la récapitulation du produit des fabriques d'étoffes de laine de Montauban qui termine ce Mémoire, nous relevons les chiffres suivants :

Etoffes de laine	1,321,930 livres.
Serges et petites étoffes	540,000 livres.
Draps ordinaires et fins	155,600 livres.
Total	2,017,530 livres.

On voit combien cette industrie était prospère, et quelles ressources elle procurait à notre population ouvrière.

Reprenons maintenant l'analyse du registre des marchands, qui continue à nous tenir jour par jour au courant des vicissitudes traversées par cette industrie.

Le 5 juin 1765, le corps des marchands adresse à l'Intendand une supplique tendant à forcer les propriétaires des foulons et moulins d'Albarèdes, Sapiac et Sapiacou à réparer et à mettre en bon état les moulins à foulon et à les entretenir, sous peine et demeurer responsables des dommages et intérêts en faveur des fabricants.

Si cependant, ajoutent les pétitionnaires, les propriétaires trouvaient que ces réparations étaient trop onéreuses, le corps des fabricants les prendrait à son compte avec l'autorisation du contrôleur général.

Cette requête, si juste, n'obtient cependant pas de solution: on verra plus tard la question posée de nouveau d'une façon plus impérative encore.

Nous trouvons en 1769 une requête adressée à l'intendant par Vialètes et Serres, qu'il nous paraît curieux de reproduire dans sa forme originale.

Monseigneur, »

« Supplient humblement les sieurs Vialètes d'Aignan et compagnie et le sieur Joseph Serres de Prat, disant que comme ils sont à la tête de deux premières fabriques de cette ville, ils fabriquent ordinairement une seconde qualité de cadis, des débris de leur manufacture, qui équivaut à ce qui se fabrique de mieux ici; que jusques à présent ils l'ont fait sous le nom de leurs contre-maîtres, qui sont toujours fabriquants mais que les inconvénients qui en résultent étant de conséquence pour eux, tels que de se voir exposés à changer de nom ces étoffes toutes les fois qu'un commis les quitte, comme aussi de se voir enlever par leur contre-maître cette branche de commerce pour profiter de la réputation qu'ils lui ont acquise. Les suppliants, Monseigneur, osent espérer que pour obvier à ces inconvénients, vous leur accorderez la permission de se servir, pour cette qualité d'étoffes. d'un nom choisi par eux, qu'ils feraient enregistrer et dont ils répondraient; ils ne cesseront les uns et les autres leurs vœux pour la prospérité de votre Grandeur. »

Une requête semblable fut adressée à l'intendant par d'autres commerçants. Tous obtinrent satisfaction. Le moyen employé fut bien simple : il consista à prendre, comme désignation de la seconde qualité, l'anagramme du nom des fabricants.

Ainsi Vialètes, prit Tesavile ;

    Serres-Prat, Pressartre ;

    Debia frères, Faberderies ;

    Godoffre frères, Erfodog-Sererf, etc., etc.

L'inondation terrible de 1766 avait causé des dégâts considérables aux moulins de Montauban. Les foulons, qui n'avaient pas été réparés, furent détruits, aussi en 1770, le 11 avril, les doléances du corps des marchands à ce sujet deviennent de plus en plus pressantes.

« Les gardes-jurés n'ayant rien pu obtenir jusqu'à ce jour, les requérants représentent à l'assemblée que lors de l'inondation du

26 novembre 1766, ledit moulin de Sapiac avait été en partie détruit par les eaux, et que les propriétaires avaient loué ledit foulon à un fermier pour le prix de 24 livres par mois, à la charge par ledit fermier de s'en servir comme bon lui semblerait, en faisant les petites réparations qu'ils jugeraient à propos. L'abandon de ce foulon était la vraie cause de sa perte totale et qui d'ailleurs vient d'être emporté par l'inondation du 5 avril courant.

« Que dans cette circonstance, cette perte leur avait paru exiger une attention particulière du corps des fabricants, soit pour prévenir l'interruption d'une partie de leurs opérations, dont le foulage fait un des principaux objets, soit pour prendre tous les moyens de faire rétablir ce foulon ; que les fabricants étaient d'autant plus intéressés à demander de nouveau le rétablissement dudit foulon, aux frais et dépens desdits propriétaires, ou la concession du local en faveur de la fabrique, qui pourrait se charger de la construction à son profit.

« Que le nombre des auges des trois moulins qui subsistent ne suffisaient pas pour les travaux annuels ; qu'ils observent à l'assemblée que depuis la destruction des autres foulons, qui étaient dans les environs et hors de cette juridiction, savoir : à Ardus, Saint-Pierre et au Clos, tous les fabricants qui faisaient fouler leurs étoffes dans ces moulins à foulon avaient été forcés d'occuper plusieurs auges de ceux de Montauban, ce qui avait occasionné des retards très-considérables et préjudiciables aux fabricants en particulier et à la fabrique en général. »

Après ces considérants, l'assemblée conclut au besoin indispensable de ce foulon, donna plein pouvoir aux gardes-jurés, et déclara qu'elle acceptait les réparations à faire si les propriétaires leur laissaient le local.

Malgré ces concessions, l'affaire fut encore longtemps pendante. Les moulins étaient comme aujourd'hui encore la propriété d'une association de *parsonniers* ou actionnaires ; les administrateurs de cette société se refusaient à toutes les améliorations dispendieuses qui pouvaient réduire leur revenu. Aussi voyons-nous, le 11 août 1770, une nouvellle délibération du corps de fabrique qui décide de forcer les propriétaires des moulins à réparer le foulon de bois situé au moulin de Sapiac.

Le 26 novembre 1776, Vialètes d'Aignan et C¹ᵉ obtinrent de nouvelles lettres patentes confirmant et prorogeant leur privilége de manufacture royale. Ce document inséré dans le livre des marchands, reproduit, à peu de choses près, la teneur de celui de 1746.

Dans leur supplique, ces négociants font ressortir le préjudice que leur causait l'application d'une ordonnance du 24 décembre 1762, portant que tous les priviléges en fait de commerce ne peuvent avoir qu'une durée de 15 années ; ils se prévalent de leur dévouement à la prospérité des manufactures locales, de l'établissement du *Tirage royal de la soie*, qu'ils ont fondé, et dont le produit s'élève à plus de 800,000 livres : qu'au plus fort de la guerre ils ont fait construire un bâtiment considérable, voûté, en grande partie, qui leur a coûté plus de 125,000 livres, pour y loger tous leurs ouvriers, afin d'avoir sous les yeux toutes les différentes opérations de leur fabrication ; qu'au milieu de la détresse causée par les guerres et de la disette, ils ont redoublé les travaux de leur manufacture ; qu'ils ont fait des pertes considérables dans la guerre du Canada.

Ils ajoutent qu'ils descendent d'une famille du Rouergue où existe encore un château auquel ils donnent leur nom, et où les armes de leur cachet sont sur la porte d'entrée, leur branche s'étant retirée à Montauban vers l'an 1550 ; ils y servaient leur roi comme l'avaient fait ci-devant leurs ancêtres jusqu'en 1627, que la perte de leur fortune les obligea d'entrer dans le commerce où leur amour pour la patrie leur fournit bientôt l'occasion de se distinguer.

Le privilége fut confirmé, et la fabrique Vialètes continua à jouir des faveurs accordées par l'arrêt de 1746.

Malheureusement la fraude se continuait sur une large échelle en dépit des ordonnances et malgré la surveillance des gardes-jurés ; d'après les considérants d'une ordonnance de l'intendant en date du 20 novembre 1778, il est constaté que les petits fabricants mettaient sans scrupule sur leurs étoffes le nom des fabricants en réputation ou celui de leurs femmes, qui se trouvait souvent être le même que celui de ces derniers ; d'autres se servaient d'anagrammes, ou de noms supposés.

L'année suivante, le 23 mars 1779, une nouvelle ordonnance fut encore rendue à ce sujet : toutes les étoffes de la première et de la seconde qualité devaient être marquées du nom propre du véritable fabricant, sans qu'il fût permis d'ajouter d'autres mots à la suite de leur nom, que celui du père ou fils, frère, etc., et un délais de trois mois fut accordé pour écouler les étoffes non réglementaires.

A ce moment, il se produisit un fait considérable qui apporta un grand changement dans l'industrie montalbanaise. Le 5 mai 1779 parurent les lettres patentes du roi concernant les manufactures, et inaugurant un régime de liberté dont nous allons bientôt constater les effets. Le 1er article de ces lettres patentes porte que désormais il sera loisible à tous les fabricants et manufacturiers ou de suivre dans la fabrication de leurs étoffes telles dimensions ou combinaisons qu'ils jugeront à propos d'adopter, ou de s'assujettir à l'exécution des règlements.

Cet édit fut unanimement approuvé par les fabricants, désireux de s'affranchir des règles imposées par les différents règlements. En appréciant ainsi cette mesure, ils ne considéraient, à notre avis, qu'un côté de la question. En effet le nouveau régime avait l'avantage de laisser toute liberté à l'initiative des fabricants et à leur désir de suivre le progrès. De plus, il affranchissait les fabricants du droit de visite, qui leur avait toujours été désagréable.

Mais en revanche cette liberté, qui eût été peut-être avantageuse s'il n'y avait eu que de grands établissements, devint la cause première de la décadence de nos fabriques de draperie, car l'étranger, en achetant nos produits avec la marque de l'administration, était certain de la qualité de la marchandise et de son uniformité. C'est du reste cette garantie qui avait fait le succès de nos draps du Languedoc dans le Levant.

Cédant à ces considérations, l'administration, craignant que les négociants, habitués aux prix des draps fabriqués d'après les règlements, retirassent leur confiance à nos fabriques françaises et se fournissent à l'étranger, prit le moyen terme de maintenir la marque facultative pour tous ceux qui prétendraient avoir suivi les règlements dans leur fabrication, et qui voudraient s'assujettir aux visites et à la marque.

Les résultats de l'édit de mai 1779 ont été diversement appréciés : les uns, se plaçant au point de vue de la liberté absolue du commerce, ont loué sans réserve la mesure prise par le roi Louis XVI, mais les économistes qui approuvent la mesure au point de vue des principes, ne sont pas très-convaincus de son efficacité. Necker, dans son célèbre *compte-rendu* de 1781, effleure la question. Nous citons le passage dans lequel il essaie de justifier cette mesure ; on verra que nos appréciations personnelles, basées sur le résultat constaté plus tard, présentent une grande analogie avec l'opinion du grand ministre, obligé de reconnaître que la nouvelle législation des manufactures n'est qu'un pis aller et non un remède.

Après avoir signalé les entraves que les règlements apportaient à la liberté de l'industrie, il dit :

« D'un autre côté, pour aplanir tous ces obstacles, anéantir absolument et par une loi positive toute espèce de règlements, de marques ou d'examen, c'était ôter aux consommateurs étrangers et nationaux la base de leur confiance ; enfin c'était aller contre les idées des vieux fabricants, qui avaient vu leurs fabriques et celles de leurs pères prospérer à l'ombre de ces lois d'ordre.

« C'est au milieu d'une pareille confusion, et de ce combat de principes, que je me suis occupé avec les Intendants du commerce d'un moyen d'aplanir ces difficultés et de concilier ces différentes vues d'administration. On croit y être parvenu par les lettres patentes de mai 1779, dont toutes les dispositions tendent à ménager l'esprit inventif des manufactures, son essor et sa liberté, sans priver les étoffes qui seraient fabriquées d'après les anciennes règles du sceau qui l'atteste. »

Necker parlait ainsi en 1781, un an après l'inauguration du système de liberté. Et dans cette même année, nous constatons qu'un grand nombre de mesures furent prises par l'autorité à l'égard de la fabrication des étoffes : rétablissement du bureau de visite ; nouveaux règlements pour la fabrication des étoffes (lettres patentes du 25 février 1781) ; détermination des fonctions et du droit des juges des manufactures (arrêt du 28 juin 1784) ; détermination des fonctions et du droit des juges des manufactures (arrêt du 28 juin 1784) ; comptabilité des gardes-jurés (arrêt du 27 septembre 1784) ; arrêt ordonnant l'exécution des règlements relatifs à la circulation des étoffes (4 novembre 1781); arrêt ordonnant la contre-marque des plombs de teinture, etc., etc.

Cette multiplicité de prescriptions, qui n'atteignaient que ceux des fabricants qui voulaient s'y assujettir, tandis que les autres agissaient à leur guise, devait produire le désordre et amener la déconsidération de la marque. En effet du moment où le marchand pouvait trouver à un prix moins élevé des marchandises ne portant pas la marque officielle du bureau de Montauban, mais celle d'un fabricant de cette ville, il s'empressait d'y courir, comptant bien tromper à son tour ses clients au moyen d'une équivoque.

Dès cet instant, la confusion et la discorde se mettent dans le corps des marchands ; les vieux fabricants essaient de réagir ; les gardes-jurés relèvent de nombreuses contraventions ; mais l'élan est donné, c'est un courant irrésistible qui a besoin de s'affranchir de toute entrave. Aussi en 1785 toute réglementation semble avoir disparu, et nous entrons dans une nouvelle phase, qui, il faut bien le dire, est le commencement de la décadence de nos belles fabriques. Pour cette période, nous laisserons autant que possible la parole aux contemporains, dont le témoignage autorisé ne pourra être taxé de partialité ou de parti pris.

Les premières années de la Révolution précipitèrent la décadence. Dans un prospectus, daté de 1790, ayant pour but l'émission d'une « souscription pour l'établissement d'une manufacture de draperie destinée au soulagement des pauvres valides dans la ville de Montauban, » on trouve les lignes suivantes, qui présentent un tableau exact de la situation industrielle de notre ville à ce moment.

« Jamais le besoin d'un établissement public, destiné au soulagement des pauvres, ne s'est fait plus impérieusement sentir que dans ces temps désastreux, où la destruction entière de l'ancien gouvernement, et la reconstruction pénible et lente d'un nouvel édifice politique ont livré le commerce à la stagnation et à l'inertie, dépouillé un grand nombre de citoyens de leur état et de leur fortune, et répandu dans toutes les âmes le poison de la défiance et de la terreur. Par une suite de ces fléaux qu'aigrit et envenime le prix excessif des denrées de première nécessité, occasionné par la stérilité de la terre, qui depuis plusieurs années semble resserrer son sein, l'activité des ateliers est suspendue, les artisans de toute espèce sont sans travail, et la classe nombreuse des manœuvriers est oppressée par toutes les angoisses de la misère et du désespoir.

« Leurs cris et leurs gémissements sont bien faits pour être entendus par tous les hommes sensibles et charitables. Il en est tant dans cette ville qui joignent une fortune considérable, ou du moins aisée, au respect et à l'amour de l'humanité, qu'on ne saurait désespérer d'y voir accueillir un projet dont le but est de procurer aux pauvres valides des salaires constans, et une subsistance assurée.

« L'établissement le plus propre à remplir cet objet de bienfaisance est celui d'une Manufacture de Draperie analogue à celles qui existent déjà dans cette ville depuis plus d'un siècle, et dont les succès et la prospérité n'ont fait que s'accroître.

« Cet établissement aura une proportion intéressante avec la destination pour laquelle il a été conçu. Il occupera un très-grand nombre de bras, et les appliquera à des travaux auxquels la plupart sont déjà familiarisés.

« Une sage prévoyance doit en écarter l'ambition de rivaliser pour la finesse et la beauté des étoffes avec les Manufactures d'Angleterre, de Sédan, de Louviers, etc. Ce fut une ambition pareille qui causa la chute de celle de Cahors. On avait voulu y réunir la fabrication de toutes les espèces d'étoffes en laine, connues en Europe. Il fallut pour l'exécution d'un projet si peu sensé employer des ouvriers inconnus, se confier à des commis étrangers, faire des dépenses énormes pour des outils qu'on n'avait point, et dont on ignorait l'usage, ainsi que pour les essais nécessaires à tous les nouveaux procédés. Doit-on s'étonner qu'une machine si vaste et si compliquée n'ait pu obtenir de succès, et qu'elle se soit

brisée par la multiplicité et le défaut d'analogie et d'ensemble de
ses divers ressorts ? Profitons des fautes de nos voisins, et il nous
sera facile de nous garantir de leurs revers.

« La Manufacture projetée se bornera donc aux seuls objets d'une
consommation facile, tels que ceux qui se fabriquent déjà dans
cette ville ; et comme le débit des marchandises qui sortiront de
ses ateliers nécessitera des voyages dispendieux dans l'intérieur ·
du Royaume et dans l'étranger, on se propose, pour en couvrir les
frais, d'y joindre le commerce en gros des étoffes du Languedoc,
du Rouergue, du Gévaudan, etc., commerce nécessairement lié à
celui des Cadis de Montauban, et très propre à procurer aux
actionnaires des bénéfices considérables.

« Un tel établissement demande cent actions de trois mille livres
chacune. Mais la somme totale ne serait point nécessaire de plusieurs mois. On invite surtout à y souscrire cette classe nombreuse
de citoyens qu'on désignait autrefois sous le nom de privilégiés.
Les progrès que la raison a faits depuis une année, doivent les
avoir détachés de ces distinctions vaines, qui semblaient destinées à
circonscrire pour eux les moyens de contribuer au bonheur de la
société, en leur faisant regarder comme une dérogeance, les professions les plus propres à augmenter la richesse publique. Toutes
les personnes qui voudront acquérir des actions y seront admises ;
plusieurs même pourront concourir pour une seule, et se la par-
tager. On se bornera, pour le moment, à leur proposer de faire
inscrire leurs noms chez le sieur Martin, notaire, qui s'est chargé
d'ouvrir un catalogue à cet effet. Cette inscription ne sera point
un engagement. Mais dès que le nombre de cent actionnaires
sera complet, on les convoquera et on leur soumettra un projet
de transaction, et un plan d'administration et de régime qui seront
délibérés et acceptés librement. On peut compter qu'il ne sera
pas difficile de trouver un nombre suffisant d'hommes habiles et
intègres, capables de diriger une grande Société de commerce,
et dignes de la confiance publique. Et il y a lieu d'espérer que
les succès de cette entreprise seront proportionnés à la noblesse
des motifs et des vues qui en ont fait concevoir la pensée, et qui
doivent présider à sa formation. »

Nous avons cité en entier cette curieuse pièce afin de montrer quelle détresse pesait sur notre population et dans quel désarroi se trouvaient les esprits à ce moment. Il semble peu naturel en effet que la création d'une nouvelle manufacture au moment où *l'activité des ateliers est suspendue*, paraisse s'imposer comme un remède efficace, et l'auteur a eu beau, pour allécher les souscripteurs, leur parler de la *prospérité croissante* de ces mêmes fabriques, il en a été pour ses frais de réclame. Le projet fut abandonné.

Si l'on veut avoir une idée exacte et surtout impartiale de la situation faite au commerce par la Révolution, il faut recourir à un Mémoire très étendu, très complet, et surtout très consciencieusement élaboré, qui fut envoyé à l'administration centrale du département du Lot, le 29 fructidor an VI, par la Société des sciences et arts; ce rapport important, qui est transcrit au *Livre jaune*, dans les archives de l'hotel-de-ville, fut sans doute confié à Duc-Lachapelle, le savant émule de Lalande, qui était alors l'une des lumières de la Société académique de Montauban.

Nous citons les passages les plus intéressants de ce Mémoire :

« *Commerce.*— Le commerce de Montauban était dans un état très florissant avant la Révolution, il s'accroissait même tous les jours...

« Les habitants de cette commune sont naturellement industrieux et depuis longtemps ne s'en sont pas tenus à une seule partie. Nous allons les examiner toutes successivement, nous verrons ce qu'elles étaient avant la Révolution et ce qu'elles sont devenues depuis, et après avoir proposé quelques moyens capables de faire prospérer le commerce et l'industrie en général, nous indiquerons les causes particulières de leur dépérissement à Montauban, et les moyens que nous croyons propres à les y faire prospérer de nouveau.

« La plus ancienne et la plus importante industrie de Montauban est la fabrication des étoffes de laine : environ soixante manufactures de draperie croisée fabriquaient annuellement, avant la Révolution, douze ou quatorze mille pièces d'étoffes, réglées et assujetties, pour les dimensions, le tissu et la qualité des laines, aux règlements qui existaient alors. Un inspecteur, deux commis et quatre gardes-jurés (ces derniers pris parmi les fabricants) veillaient à l'exécution de ces règlements.

« La valeur de ces douze ou quatorze mille pièces d'étoffe était d'environ deux millions trois ou quatre cent mille francs. Leur fabrication (teinture et apprêt) jetait tous les ans entre les mains du peuple indigent sept ou huit cent mille francs pour la main-d'œuvre seulement. Cette étoffe est connue dans toute la France et à l'Etranger sous le nom de cadis ; elle est d'un usage excellent, fort souple et tenante en même temps, qualités qui l'ont rendue très propre à l'habillement des troupes. Aussi fut-elle assujettie rigoureusement au Maximum et aux réquisitions, ce qui entraîna la ruine de tous les fabricants. Les laines qui entrent dans la composition des cadis viennent des ci-devant Gascogne et Langue-doc, du Roussillon, et de l'Espagne ; les huiles des départements méridionaux et d'Italie.

« Cette branche d'industrie occupait au moins six mille ouvriers de tous sexes et de tous âges ; ressource inappréciable, surtout dans la saison rigoureuse où on ne peut travailler aux champs.

« *Commerce de draperie.* — La plupart des maisons de commerce de cette ville, outre les manufactures qu'elles avaient, faisaient un commerce de draperie considérable qu'elles tiraient toutes dégrais-sées des fabriques de Morans, de Castres, de Labruyère , de Dourgne, de la vallée d'Aure, de Sommières, de Mende, de Saint-Geniès et d'autres lieux, et après avoir donné à ces étoffes les apprêts nécessaires pour les perfectionner , elles les faisaient tondre et presser ou ratiner. Il existe encore de très beaux ateliers pour ces trois divers objets. On peut au moins porter à cinquante ou soixante mille le nombre des pièces que les négociants de draperie tiraient des diverses manufactures du ci-devant Lan-guedoc ou d'ailleurs, pour les mettre en état d'être employées aux vêtements.

« Cette branche d'industrie, qui donnait le complément de la fabrication à ces diverses étoffes étrangères à la ville, était un objet de commerce de cinq ou six millions. Elle fournissait à l'ouvrier une ressource annuelle de deux cent cinquante mille francs au moins.

« Que reste-t-il aujourd'hui de cette modeste industrie, tant en fabrication, qu'en draperie étrangère à la commune ? Tout au plus le tiers ; et ce reste diminue tous les jours à cause de la disette des fonds et du taux usuraire de l'intérêt. L'un laisse la marchandise du fabricant et au négociant (sic) et l'autre le met dans l'impossibilité d'emprunter.

« *Améliorations.* — Après avoir fait le tableau du commerce de Montauban avant la Révolution et au moment actuel, il nous reste à indiquer les causes qui l'ont si fort réduit et à proposer des moyens propres à lui redonner son ancienne splendeur.

« Nous nous occuperons d'abord des causes générales et qui sont communes à toute espèce de commerce et d'industrie; nous parlerons ensuite de celles qui ne s'appliquent qu'à chaque branche en particulier.

« Le commerce et l'industrie sont à la prospérité d'un Etat ce que la sève est aux végétaux ; si des froids trop rigoureux, des chaleurs brûlantes, des sécheresses trop longues, des pluies trop abondantes, des inondations dévastatrices détruisent, dénaturent, altèrent, suspendent et arrêtent le cours de cette liqueur vivifiante, les végétaux languissent et périssent même. Le laboureur a beau prodiguer ses soins ses labours, ses engrais, ses espérances s'évanouissent ; et si ces fléaux destructeurs se prolongent trop longtemps, ou s'ils se répètent plusieurs fois, le découragement s'empare de lui, et il finit par refuser ses soins et ses travaux à une terre qu'il accuse, quoique à tort, d'ingratitude.

« Les Français, obligés de faire des efforts surnaturels pour établir et défendre leur liberté, n'ont eu pendant plusieurs années que cet objet en vue. Il a fallu arracher le laboureur à sa charrue, l'ouvrier à son atelier, le négociant à ses spéculations, le savant à son étude, les artistes aux beaux arts. La main-d'œuvre est devenue rare, et par conséquent chère et mauvaise. Le manufacturier et le négociant honnêtes, déjà découragés par cette difficulté, ont vu ensuite leurs moyens enlevés par le Maximum et les réquisitions.

« Le papier-monnaie a sans aucun doute rendu les plus grands services à la Révolution, mais comme le mal est presque toujours à côté du bien, son désordre et sa chute ont amené une méfiance si prodigieuse que le numéraire ne sort plus que pour être échangé contre une valeur réelle, ou par l'appât d'un intérêt si excessivement usuraire que le négociant honnête et prudent n'a plus voulu entreprendre aucune spéculation avec les fonds d'autrui. Il est sans doute des capitalistes délicats à qui il répugne d'exiger un intérêt si excessif, mais les chances qu'ils ont courues et celles qu'ils calculent ou qu'ils craignent ne leur permettent point encore de confier leurs fonds avec intérêt légal, et peut-être, à ce égard, il serait à désirer qu'une loi fixât plus haut momentanément le taux de l'intérêt, car celui qui existe n'est point en proportion avec le prix excessif de tous les objets de première nécessité et surtout avec le degré de confiance. Cette mesure, sagement combinée, produirait peut-être le double avantage de jeter plus de numéraire dans la circulation et de faire baisser le taux de l'intérêt usuraire.

« Mais ce ne sera que lorsque la paix générale permettra aux Français de reprendre leurs relations commerciales avec l'étranger et surtout avec les colonies, que le commerce sortira de l'engourdissement où il est plongé ; alors presque tous les citoyens tourneront nécessairement leurs vues du côté du commerce ou de l'agriculture, parce qu'ils n'auront plus la perspective de ces professions plus brillantes qu'honorables mais qui flattaient l'ambition et la vanité et dont le souvenir occasionna tant de mouvements convulsifs, qui nuiraient beaucoup au commerce, si ceux qui gouvernent ne parvenaient à les calmer par la sagesse de leurs lois et la bonté de leur administration.

« Peut-être sera-ce alors le moment d'établir une banque, pourvu que le gouvernement ne s'en mêlât que pour la protéger et la surveiller. En attendant il serait peut-être convenable de faire tenir tous les trois ou six mois une assemblée de quelques négociants ou fabricants dans chaque ville commerciale ou manufacturière, qui seraient chargés de présenter leurs vues sur les moyens d'activer, de perfectionner et d'étendre le commerce et l'industrie de leurs communes et des environs.

« Le Gouvernement encouragerait encore puissamment l'industrie s'il s'attachait par tous les moyens possibles à faire donner la préférence aux étoffes nationales sur celles qui viennent de l'Etranger.

« La main-d'œuvre étant très rare et chère, il serait bien important de provoquer et de favoriser l'invention de toutes les machines qui tendraient à suppléer l'homme.

« Enfin l'entretien des grandes routes, l'ouverture de nouvelles conventions, les nouvelles réparations des chemins vicinaux et surtout l'ouverture des chemins d'eau, soit par des canaux, soit en rendant navigables les sources qui en sont susceptibles serait un moyen puissant de donner au commerce toute la splendeur possible.

« Outre les causes générales de dépérissement déjà indiquées, il en est plusieurs autres qui sont particulières à ce genre d'industrie. La première, c'est l'altération dans le tissu et dans la qualité, que plusieurs fabricants se sont permise. Cette altération date de l'époque du **Maximum** et des réquisitions. Les fabricants, se voyant menacés d'une ruine totale à cette époque, crurent s'en préserver en partie en allégeant leurs étoffes. Les grands besoins du gouvernement et le discrédit des assignats rendant moins difficile, tout passait alors. Qu'en est-il arrivé? Le fabricant s'est accoutumé à mal fabriquer. La main-d'œuvre s'est altérée, et il faudra du temps pour rattraper l'ancienne.

« J'ai déjà dit que les étoffes de Montauban étaient assujetties à des règlements qui en déterminaient le tissu et prescrivaient même la qualité de la matière première ; ces étoffes entraient dans le commerce revêtues de signes qui attestaient les vérifications. Le consommateur pouvait compter sur la qualité de l'étoffe qu'il achetait; il n'avait nul besoin d'être connaisseur ; ces règlements sont tombés en désuétude parce que personne n'est chargé d'y tenir la main. Qu'en résulte-t-il ? Que chacun tend, non à perfectionner et à améliorer, mais à satisfaire sa cupidité et le public séduit par des signes extérieurs est impudemment trompé, et c'est au point que des fabricants de 20, 30 et 40 lieues mettent sur le chef de leurs étoffes le nom de Montauban, avec leur nom propre, et cela arrive de même pour Sedan, Elbeuf, Louviers, etc. Cette friponnerie, dont le public est la dupe, devrait être réprimée par le gouvernement ; car il est évident que ce n'est pas pour faire mieux qu'on emprunte le nom d'une autre ville ni qu'on décore une étoffe différente des signes extérieurs qui ont servi depuis longtemps à désigner une autre étoffe connue.

« Le soin des troupeaux, l'attention d'en perfectionner l'espèce, en procurant aux propriétaires des bêtes de bonne race, les encouragements qu'il conviendrait de leur donner, seraient encore un moyen très propre à encourager cette précieuse branche d'industrie parce qu'elle trouverait sur les lieux une partie des laines qu'il faut indispensablement faire venir d'Espagne.

« Les cadis de Montauban ayant été renommés pour être très propres à l'habillement des troupes, surtout pour les vestes et culottes, il serait à désirer que le gouvernement vînt au secours de nos manufactures en s'y pourvoyant habituellement d'une partie de ce qui lui est nécessaire. »

Le Mémoire qui précède nous a montré les causes générales qui ont eu une influence désastreuse sur l'industrie des draps dans les premières années de la Révolution. Du reste, l'auteur ne s'est pas borné à étudier cette seule branche de notre commerce montalbanais ; la fin de son mémoire envisage aussi le commerce de minot, le tirage de la soie, etc., etc.

Les vœux si pratiques émis par l'organe de la Société des Sciences et Arts de Montauban, ne pouvaient être écoutés dans un moment de crise comme celui qui suivit la période révolutionnaire. Longtemps encore l'industrie resta paralysée par l'état général des affaires publiques.

La Société des sciences n'en persista pas moins à se préoccuper de cette question si intéressante pour notre population industrielle. Quelques années après, elle chargea de nouveau l'un de ses membres les plus distingués, Constans-Tournier, de rédiger un mémoire sur les manufactures de draperie de Montauban.

Ce document, qui a été retrouvé par hasard il y a quelques années, et que nous avons replacé dans les archives de la Société, dispersées pendant de longues années, est très important par suite des détails précieux qu'il nous donne sur la fabrication.

L'auteur, avec une compétence qui se trahit à chaque ligne, s'attache à étudier au point de vue industriel le fonctionnement des manufactures montalbanaises. Il nous fournit un tableau exact des diverses opérations qui ont pour but le travail de la laine ; à ce titre il nous a paru digne d'être reproduit dans ses parties principales.

Après avoir rappelé la sollicitude de la Société pour tout ce qui touche à la prospérité et au bon fonctionnement des industries montalbanaises, l'auteur entre ainsi dans le vif de la question des cadis et autres étoffes fabriquées dans notre ville :

« Ce n'était pas au fond une invention bien merveilleuse que la contexture du cadis, mais l'invention des draps ne présente rien de plus remarquable; au contraire le tissu de cette dernière étoffe est plus simple que celui de la première.

« Ce n'est pas ordinairement la complication d'une machine et les efforts de l'imagination de son inventeur, qui décident de l'utilité dont elle pourra être, et des succès qu'elle obtiendra; elle doit beaucoup plus à la perfectibilité dont elle est susceptible et au grand usage qu'elle pourra avoir dans la société. De là vient ce principe que les machines les plus simples sont toujours les meilleures.

« Ce qui constitue principalement la bonté d'une étoffe, c'est de bien remplir l'objet pour lequel elle est destinée. Pour cela il faut : 1º que le prix n'en soit pas au-dessus des facultés de ceux qui l'emploient; 2º qu'elle soit bien appropriée à leurs besoins ; 3º que l'usage en soit bon. Les étoffes de laine qui se fabriquent à Montauban remplissent fort bien ces trois conditions.

« Les cadis de Montauban eurent le sort de la plupart des inventions, ils restèrent longtemps à se perfectionner ; ce ne fut que lorsqu'ils furent connus au loin, qu'on pensa qu'il était utile de leur donner un plus grand degré de perfection, et d'en fabriquer de différentes qualités et largeurs ; cette première fabrication grossière et commune fut longtemps confiée à de petits ateliers, et resta entre les mains de personnes qui ne songeaient qu'à suivre la routine ordinaire, et à faire ce métier avec économie et seulement pour donner à vivre à leur famille ; ce ne fut que lorsque cette fabrication passa entre les mains des négociants qui y réunirent le commerce de draperie en gros, qu'elle acquit quelque perfection ; les voyages que leur commerce les obligeait de faire, les mirent à portée de connaître d'autres ateliers, et d'y puiser des méthodes et des principes de fabrication plus perfectionnés, dont ils firent l'application aux manufactures qu'ils établirent ; le cadis qu'on fabriquait jusqu'alors n'avait que 18 ou 19 pouces de large, mais la faveur dont jouit cette étoffe porta les gros fabricants à en faire qui avait de 22 à 23 pouces de largeur et à employer des laines de plus belle qualité; on en vint ensuite à des cadis plus connus sous le nom de ratines, de la largeur d'une aune et de 5|4; ces dernières étoffes commençaient à être fort en vogue il y a sept à huit ans, et j'ai lieu de penser qu'on n'aurait pas tardé de fabriquer des draps, si les circonstances n'avaient causé une grande altération dans les qualités et paralysé l'industrie.

« Les premiers établissements n'employèrent que des laines du pays, et particulièrement des laines de Gascogne, mais la consommation des cadis augmentant considérablement, ces laines devinrent insuffisantes, il fallut s'étendre plus loin : on se procura d'abord des laines de Navarre, dont le mélange avec celles de Gascogne réussit parfaitement ; la perfection qu'on donna peu-à-peu à la fabrication fit naître l'idée d'employer des laines plus fines, et bientôt les laines de Roussillon, d'Aragon, de Castille, de Moline et de Noria entrèrent dans une partie des étoffes de Montauban, et ces qualités de cadis, bien supérieures aux qualités ordinaires, furent recherchées surtout dans les pays froids, par les gens aisés et notamment par les ecclésiastiques.

« Le nombre des pièces qui se fabriquaient à Montauban se portait à douze ou quatorze mille par an; on comptait pour chaque pièce une dépense de main-d'œuvre d'environ quarante-cinq francs: c'était donc environ six cents mille francs qui entraient annuellement dans la main de l'ouvrier ; cette main-d'œuvre pouvait donc nourrir environ trois mille personnes; avantage d'autant plus précieux, que tout le travail des manufactures se faisant dans des ateliers, c'était surtout dans la mauvaise saison que cette industrie fournissait ses ressources à la classe indigente qui ne pouvait travailler au dehors.

« Je n'entrerai pas dans tous les détails des manipulations de cette manufacture : on trouve dans la superbe collection des arts et métiers de l'Académie française, tout ce qu'on peut désirer pour connaître en détail la fabrication des étoffes de laine : je me bornerai seulement à vous exposer en raccourci les principales opérations des manufactures de cette ville.

« Ce qui était surtout le mérite des étoffes de laine qui se fabriquent à Montauban c'est leur solidité et leur souplesse : elles le doivent, comme je l'ai dit plus haut, à la contexture de leur tissu; la chaîne est composée de laine peignée, qui est par conséquent susceptible de conserver sa force quoiqu'elle soit filée fin; la trame au contraire est faite avec de la laine cardée qui, en donnant du corps à l'étoffe, la rend propre à être drapée et à obtenir un foulage plus avantageux; le métier battant à quatre marches forme un tissu croisé, qui permet aux fils de la trame de se presser les uns sur les autres quoique la chaîne ait un grand nombre de fils.

« Rien n'est indifférent pour la perfection des arts, et celui qui veut s'en occuper trouve à tout instant l'occasion de faire des découvertes utiles, qui souvent ont même une application avantageuse à d'autres arts bien différents ; le manufacturier intelligent et soigneux ne doit négliger aucune opération, mais il doit être en garde contre les illusions et les fausses apparences : il a besoin d'avoir de bons yeux, beaucoup d'expérience et un jugement sûr.

« L'époque où la toison a été faite n'est point indifférente pour la qualité des laines : si on la fait trop tôt, elles sont molles, sans élasticité et font une étoffe lâche; si on attend trop tard, elles se chargent avec abondance de la transpiration que la chaleur fait sortir du corps de l'animal; la poussière, qui abonde dans cette saison, s'attache à la laine à la faveur du suin dont elle est imbibée, la rend pesante et elle trompe le fabricant quand il l'a lavée.

« Après que la laine est bien lavée, c'est-à-dire bien dépouillée de tout le suin qu'elle pouvait contenir, on la fait trier avec attention pour enlever toutes les pailles, crottins et autres immondices qu'elle peut contenir, on la passe souvent dans un grand panier pour faire tomber la poussière et surtout le poil jarre, qui la déprécie infiniment, d'abord parce qu'il est très-gros et rudit beaucoup l'étoffe, et ensuite parce qu'il ne prend presque aucune couleur, ou du moins très-mal, et laisse bientôt échapper les parties colorantes.

« Quand la laine est ainsi préparée, on la bat sur une claie avec des verges ou baguettes de houx bien effilées et ensuite on livre au peigneur celle qui est grande et longue, et on mêle les différentes qualités de celle qui est mince et courte pour la livrer au cardeur; c'est dans le mélange des laines qu'on reconnaît l'intelligence du fabricant, et c'est peut-être le point le plus difficile de son art ; c'est dans cette partie qu'il a le plus grand besoin de tout son savoir-faire et de beaucoup d'expérience.

« On est dans l'usage ici d'employer l'huile d'olive pour faciliter la préparation de la laine ; dans d'autres pays on emploie celle de navette, et dans les lieux où l'huile est rare on emploie le lait, dans d'autres on travaille la laine à sec; l'expérience prouve cependant que l'huile, et surtout l'huile d'olive, contribue beaucoup à faciliter et à perfectionner le travail de la laine; elle se peigne et se carde mieux et se file surtout d'une manière bien plus parfaite.

« Autrefois on négligeait en général beaucoup l'assortiment de la filature; mais depuis qu'on y a appliqué le rouet à compte, cette partie s'est beaucoup perfectionnée et on ne peut plus s'y méprendre, puisqu'on sait toujours combien de tours de rouet a rendu chaque livre de laine, et en employant dans la même pièce des filatures égales, on est sûr d'avoir une étoffe parfaitement unie. En sortant des mains de la fileuse, la laine passe dans celles du tisserand ; l'opération de ce dernier est aussi très-importante : il faut qu'il travaille avec soin, avec attention, avec propreté et surtout d'une manière uniforme, et que son tissu soit bien serré; ce n'est pas dans cette opération où l'huile dont on a imbibé la laine fait le moins sentir ses bons effets ; d'abord elle a facilité le tirage de la laine au peigne, sous la carde et à la quenouille ou au rouet, et ici, en diminuant le ressort de la laine, elle donne la facilité aux fils de s'appliquer plus immédiatement l'un sur l'autre. Pour affaiblir davantage le ressort de la laine, on a soin encore de plonger la trame dans l'eau à mesure qu'on veut l'employer, et c'est très-essentiel; c'est pour concourir au même but qu'on plonge dans de l'eau collée la chaîne avant de la mettre sur le métier.

« Les différentes opérations du tisserand, du cardeur, du peigneur tendent toutes, comme on le voit, à diminuer, pendant la fabrication, le ressort des poils de la laine, afin qu'ils puissent mieux s'appliquer les uns sur les autres, en sortant des mains du tisserand. L'étoffe va passer par une autre opération importante, qui, en faisant sortir toutes les substances huileuses et graisseuses, va redonner à la laine son premier ressort ; cette opération est celle du foulage : elle est infiniment importante et mériterait peut-être d'être l'objet de plusieurs expériences qui procureraient des moyens de la perfectionner ; le foulage consiste donc, non-seulement à dégraisser l'étoffe, mais encore à lui donner la force et la consistance qu'elle doit avoir ; le foulage produit cet effet en débarrassant l'étoffe, au moyen du savon et de la terre glaise, des parties huileuses et graisseuses qu'on y a introduites pour en faciliter les diverses manipulations. La laine, reprenant son ressort, fait gonfler les fils du tissu, et les maillets du foulon frappant continuellement sur l'étoffe tant que dure l'opération, font pénétrer le savon dans l'intérieur et font en quelque sorte feutrer la laine, qui rentre pour ainsi dire en elle-même : aussi l'étoffe perd environ le sixième de sa longueur et le tiers de sa largeur dans cette opération importante ; cette différence dont la perte prouve que la laine cardée foule davantage que la laine peignée, et cela doit être, car, dans la dernière, les poils s'appliquent les uns sur les autres, dans leur longueur, comme les brins du lin ou du chanvre, et dans la première, au contraire, les poils s'accrochent et s'entortillent ensemble à la filature, comme dans celle du coton, ce qui les met dans une situation beaucoup plus favorable pour déployer leur ressort.

« Le foulage s'opère en deux fois dans les fabriques de Montauban. Dans la première on emploie la terre glaise, qui dégraisse l'étoffe en partie, et elle est ainsi remise au tondeur, qui au moyen du chardon lui donne une première garniture sur le côté qui doit être l'envers de l'étoffe ; elle est ensuite rapportée au foulon, où elle finit d'être dégraissée avec du savon, et ensuite le tondeur la garnit encore deux fois avec du chardon, sur le droit de l'étoffe, et la tond aussi deux fois ; après ces opérations, l'étoffe est prête à être mise à la teinture, si on la destine pour être pressée, mais il faut la faire garnir et tondre une autre fois si on veut la faire ratiner, car les étoffes de Montauban réussissent également bien dans l'un et l'autre apprêt, pourvu qu'on ait soin de destiner les meilleures pour la frise.

« Quand le tondeur a terminé ses opérations, l'étoffe est portée à la teinture : on emploie ici le grand et le petit teint : les bleus, les écarlates, les mordorés, les rouges se font bon teint; les autres couleurs se font au petit teint ; il faut cependant distinguer les noirs connus sous la dénomination de noir à froid : ce noir n'est pas bon teint, puisqu'il n'est point guesdé, mais la forte décoction de noix de galle qu'on emploie pour cette couleur lui donne une intensité telle, qu'elle conserve son corps et ne roussit point comme font les noirs du petit teint ordinaire.

« Quand l'étoffe est teinte, il ne reste plus qu'à la mettre à la presse, ou à la passer au ratinoir ; les négociants de Montauban se sont donné beaucoup de soin pour perfectionner ces deux opérations, qui favorisent beaucoup le débit de la marchandise, et soit en appelant des ouvriers étrangers, soit en faisant construire de nouvelles presses et de nouveaux ratinoirs, on est parvenu à exécuter ces deux opérations d'une manière aussi parfaite qu'on puisse le faire ailleurs, surtout le ratinage.

« J'ai dit un mot de l'origine des manufactures de Montauban, de leurs progrès et de leur perfectionnement; je suis entré dans quelques détails, très-succincts à la vérité, sur leur fabrication : je vais ajouter un mot sur les moyens de revivifier et de perfectionner cette branche d'industrie si utile à cette commune.

« Chaque chose paraît comporter un degré de perfection qui lui est particulier; quand on passe au-delà, on dénature, on ne fait plus ce qu'on veut faire: j'ai déjà dit que les étoffes de Montauban ne pouvaient pas être des objets de luxe ; cette étoffe est bonne pour tenir chaudement et pour résister à l'usage; elle doit avoir en outre beaucoup de souplesse pour se prêter à tous les mouvements du corps : ce sont ces trois qualités qui ont fait sa réputation. Il y a quelques années que cette fabrication paraissait avoir un assez bon degré de perfection ; cependant la grande con-currence qui s'était établie, forçant les fabricants à donner à bon marché, on pouvait leur reprocher de laisser à cette étoffe un peu trop de légèreté ; depuis la Révolution, nous l'avons vue altérée au point de la rendre méconnaissable : elle commence néanmoins à se rapprocher de la perfection depuis quelque temps. Autrefois les fabricants avaient bien la liberté de fabriquer toute espèce d'étoffe ; mais ils étaient assujettis à des règlements, même sévères, pour toutes celles qui portaient les signes distinctifs des cadis de Montauban ; ce moyen avait deux grands avantages, ce me semble: celui de réprimer la cupidité du fabricant, et celui d'assurer au consommateur la certitude de n'être point trompé ; je sais bien que celui qui trompe finit ordinairement par être dupe de sa mauvaise foi, mais, en attendant, il enlève la confiance et la réputation, en couvrant d'une apparence trompeuse un objet qui n'est point celui auquel il ressemble; et il est d'autant plus aisé de tromper le public à cet égard, qu'il en est souvent des étoffes comme des couleurs : les fausses sont en général plus brillantes que celles qui sont solides, et les étoffes de Montauban, comme beaucoup d'autres, pourraient acquérir une partie de leur éclat par un mauvais tissu ; il y a donc des raisons qui militent en faveur des règlements qui assujettissaient les fabricants à des vérifications pour les marchandises qu'ils voulaient revêtir des caractères qui distinguaient des étoffes connues généralement, et dans lesquelles le consommateur devrait retrouver les qualités qu'une longue réputation leur avait acquise.

« Il est un second moyen très-propre à perfectionner les manufactures : il consiste à procurer aux propriétaires les moyens de croiser les races des troupeaux, en observant de ne point allier ce qui est en quelque sorte incompatible : il faudrait beaucoup d'expériences pour découvrir quelles sont les espèces qu'il est plus convenable de mêler, et renouveler souvent et de diverses manières cette opération.

« Mais le plus grand moyen d'encouragement qu'on puisse imaginer, serait de rétablir la confiance, qui ferait rouvrir le crédit ; alors seulement l'industrie se réveillera, et la concurrence une fois rétablie, chacun sera obligé de s'efforcer à bien faire, s'il veut travailler avec succès ; il faut donc que le gouvernement s'occupe à trouver des moyens pour faire baisser le taux de l'intérêt. Quelques encouragements particuliers peuvent bien aussi influer sur la restauration des manufactures, et exciter l'émulation; mais quand l'industrie se trouve naturalisée quelque part, ce qui la fait surtout prospérer, c'est la paix, la tranquillité, la confiance, la liberté et la garantie des transactions : sans ces grands moyens, les seuls vraiment efficaces, le commerce n'est qu'un agiotage et un monopole dangereux ; la véritable industrie se change en une agitation qui se termine par un brigandage détestable; chacun cherche, non à gagner, mais à surprendre; la méfiance devient générale, et l'homme honnête, ne pouvant plus y tenir sans compromettre son honneur, se retire paisiblement, et laisse le champ libre aux monopoleurs, aux agioteurs et à tous les vampires qui désolent la société. »

Nous entrons maintenant dans une période bien différente de la précédente. L'Empire, après avoir rétabli la paix au dedans, jette nos armées de tous côtés sur l'Europe, l'Asie et l'Afrique. Ces soldats, toujours en campagne, couchant sur la neige ou sur les sables brûlants, courant sur les grandes routes à l'assaut des capitales, devaient être vêtus d'étoffes à toute épreuve. Montauban en fournissait une partie fort importante ; on assure même que ses draps garance et bleu de roi étaient particulièrement estimés.

Mais ce débouché n'était point suffisant pour compenser la misère qui régnait dans les campagnes; les ordres ecclésiastiques n'osaient pas reparaître avec leurs costumes, dont la majorité était spécialement tirée de nos fabriques.

Cependant l'Empereur, qui voyait avec peine les Anglais inonder nos marchés de leurs produits, tourna ses efforts vers le rétablissement des anciennes industries nationales et les encouragea par d'utiles mesures de protection, et la création de nouvelles chambres de commerce destinées à remplacer celles que la Révolution avait fait disparaître.

A Montauban, la chambre consultative des arts et manufactures, recrutée parmi les commerçants notables de la ville, fut

créée par arrêté du 2 avril 1804, et fonctionna régulièrement
depuis cette époque. Ses registres sont utiles à consulter, car ils
nous permettent de suivre les nouvelles vicissitudes que le commerce de draperies a essuyées pendant le courant de ce siècle jusqu'à nos jours.

M. Vialètes d'Aignan, un membre de cette famille que l'on
retrouve toujours à la tête de notre commerce, présenta dans la
séance du 7 avril 1806 un projet de notice générale sur l'état
des manufactures et ateliers de cette ville.

« Montauban, dit-il, est une des grandes villes de second ordre,
et du rang qu'elle occupait comme chef lieu de la Généralité,
siège de cour souveraine, d'évêché, et centre de tous les établissements dans l'ancien régime, elle est tombée dans la dernière
des classes, ayant perdu tous les établissements qui en faisaient en
partie l'ornement et la richesse, et n'ayant pour tout apanage
qu'un tribunal de première instance, composé de quatre juges et une
sous-préfecture, comme on en voit dans les plus petites villes,
avec une population industrieuse d'environ 25,000 âmes, un goût
dominant pour les fabriques et manufactures et la plus heureuse
position. Commerçant facilement et à peu de frais avec la Méditerranée et l'Océan, son commerce eût pu lui offrir quelques
dédommagements s'il eût accru ou seulement conservé son
ancienne activité; mais bien loin de là, il se trouve presque anéanti,
les principales branches de son industrie, ses fabriques de draperie et de minot ayant bien décliné de leur situation passée.

« Celle de draperie, connue dans presque tout l'Empire sous
le nom de cadis d'Aignan, dont l'établissement dans notre ville
peut être regardée comme la première cause de sa prospérité, de
l'accroissement progressif de sa population, et qui, fabriquant
avant la Révolution jusques à 14,000 pièces, donnait à vivre à
15,000 ouvriers des deux sexes et de tout âge, a vu sa consommation diminuer.

Les principales causes de cette diminution, qu'on pourrait
arrêter, sont : 1° la suppression des moines et la réduction des
membres du clergé, qui consommaient en blanc et en noir la plus
grande partie de ce qui se fabriquait dans les premières qualités ;

2º la cherté et la rareté des marchandises ; 3º les contremarques d'étoffes fabriquées dans les environs et en qualités inférieures, qui, vendues comme cadis de Montauban, nuisent beaucoup à sa fabrique et finiront par la perdre entièrement en la discréditant.

« Les moyens que nous indiquerons pour obvier à ces inconvénients et redonner la vie au commerce de Montauban, seraient de faire participer les étoffes à l'habillement des troupes, à quoi elles seraient infiniment propres (l'augmentation de prix, comparativement à celles qu'on emploie, étant compensée bien au-delà par l'augmentation de la durée, d'après l'essai qu'en ont fait déjà plusieurs corps, qui continuent à les employer).

« Quant à la rareté du numéraire, le gouvernement peut tout rétablir en ordonnant que les administrations supérieures et les caisses du département du Lot soient établies à Montauban, où l'argent provenant des recettes serait échangé très-facilement contre des papiers sur Paris que les négociants fourniraient, ce qui ferait en même temps l'avantage du négociant et du commerce. Pour le 3ᵉ article, une loi sévère pour défendre et prévenir ces fraudes remplirait parfaitement ce but, ainsi que l'établissement d'un conseil de prud'hommes à l'instar de Lyon, chargés spécialement de poursuivre ces abus. »

L'auteur du Mémoire examine ensuite l'utilité qu'il y aurait à perfectionner les croisements de troupeaux à laine. Il signale les essais tentés avec des béliers mérinos par M. Vialètes de Mortarieu, « dont l'exemple, s'il était suivi par nos cultivateurs, pourrait dégager nos fabriques du besoin qu'elles éprouvent d'employer les laines d'Espagne dans la fabrication des cadis fins. »

En 1806, au mois de mai, l'empereur décida qu'une exposition des produits de l'industrie aurait lieu à Paris « pour donner aux braves de la grande armée une fête, et pour faire tourner à l'avantage des manufactures françaises le concours que cette solennité doit attirer dans la capitale. »

Plusieurs fabricants de Montauban prirent part à cette exposition et envoyèrent des échantillons. La fabrique Vialètes d'Aignan et Cᵉ présenta des cadis d'Aignan et des cadis étroits ; Albrespy et

Favenc, des cadis blancs et des draps croisés ; Joseph Serres, des cadis Montauban bleu national et des cadis vert foncé ; Rachou et Cᵉ, des cadis blancs pressés, des draps croisés et des ratines frisées. Ces produits furent très-remarqués.

Une commission de fabricants et d'ouvriers fut désignée pour assister à l'exposition.

Voici en quels termes le ministre de l'Intérieur Champagny félicita, par sa lettre du 23 mai 1806, la chambre de commerce de l'initiative qu'elle avait prise.

« D'après le compte qui m'en a été rendu, je dois des éloges au zèle avec lequel vous avez rempli les intentions de Sa Majesté pour l'exposition générale et solennelle des produits de notre industrie. La Chambre consultative des manufactures de Montauban ayant secondé vos efforts, mérite de recevoir des marques de ma satisfaction, et je me charge de lui en donner un témoignage. Je suis également satisfait de l'empressement des manufactures du département du Lot à prendre part au concours. Je désire qu'ils en soient récompensés, *comme M. Vialètes d'Aignan fut en l'an 10*, par quelques-unes de ces honorables distinctions que le jury national doit décerner. »

A la même époque parut un nouveau métier, inventé par le sieur Despiau, qui tissait 1 m. 70 par heure. La Chambre, après essai, adressa des éloges à l'inventeur.

L'habillement des troupes préoccupait toujours nos fabricants, des propositions furent faites au gouvernement pour obtenir cette fourniture.

Sur l'invitation du Préfet, la Chambre répondit que « les cadis et draps de Montauban sont plus beaux et plus solides que les échantillons destinés à la troupe, mais que l'augmentation de 4 fr. 80 au lieu de 4 fr. 40 est compensée par cette supériorité, — que d'ailleurs il faudrait faire un changement dans les habitudes de la fabrication ; — que plusieurs régiments qui emploient le drap de Montauban s'en trouvent bien. Néanmoins M. Lagravère frères, qui par la nature de leur établissement sont les fabricants les plus à même de faire des essais s'occupent de faire des draps dits de Lodève et des tricots. »

La chambre discuta aussi la question de savoir si le Gouvernement devait réglementer les manufactures ou laisser à chaque fabricant la liberté de travailler à son gré. Elle demandait la liberté, afin de permettre au fabricant de changer sa fabrication suivant les besoins ou la mode, mais elle signalait les inconvénients résultant, en ce cas, de la mauvaise foi du fabricant malhonnête.

« On peut répondre aux objections, disaient nos prud'hommes, que depuis l'époque du maximum, des réquisitions et des assignats, qui avaient opéré un bouleversement général, tout est réorganisé, le commerce étant entre les mains d'hommes honnêtes et respectables, le public ne sera plus exposé à des fraudes.

« Pour le commerce de Montauban, peut-être serait-il avantageux de laisser les choses dans l'état où elles sont, car on ne peut se dissimuler que la fabrique de cadis, qui en était une des principales branches, voit tous les jours diminuer sa consommation, non pas, comme le disent les pétitionnaires, par la seule raison de la contrefaçon des étoffes, mais par des causes plus éloignées, dont les principales sont la suppression des moines et d'une partie du clergé, qui consommaient nos articles en noir, et le luxe qui s'est répandu dans toutes les classes de la société et en a deshabitué une portion nombreuse de consommateurs parmi les artisans, qui les remplacent par des draps. Le commerce des marchandises des fabriques environnantes, soit du département du Tarn, soit de celui de la Haute-Garonne, qui se dénaturaient ici, en y recevant les apprêts et la teinture, diminue aussi journellement parce qu'il s'est établi des teinturiers et des apprêteurs dans plusieurs villes des départements qui n'en avaient pas, qui attirent chez eux une partie des marchandises qui n'étaient adressées à Montauban qu'à la commission pour y recevoir la teinture et apprêts. Cependant cette partie étant encore le principal aliment du commerce de draperie, nous devons avoir constamment pour but et faire en sorte que la ville de Montauban attire dans son sein le plus qu'elle pourra de ces étoffes, et sous ce rapport, est-ce peut-être un bien que les lieux de fabrication ne soient point désignés sur les pièces, pour laisser croire à de nombreux consommateurs, accoutumés à les acheter ici, qu'elles s'y fabriquent. »

Ce dernier vœu paraît au moins singulier dans la bouche
d'hommes qui ont tenu constamment un langage où les questions
de loyauté et de droiture commerciales étaient toujours mises
en avant. Et cependant il était presque imposé par la situation
faite à notre industrie par la concurrence voisine. Il ne faut pas
se le dissimuler : la vie facile, la sobriété de notre population
ouvrière, l'esprit routinier rendaient à nos fabricants bien diffi-
ciles les tentatives de perfectionnement, et dans ces conditions leur
infériorité devait s'accentuer fatalement de jour en jour.

En 1810, on ne compte plus à Montauban que 34 fabricants
d'étoffes, la fabrication des cadis était réduite à 7,000 pièces
et n'occupait plus que 2,500 ouvriers.

Aussi les vieux fabricants, se souvenant de la prospérité des
fabriques sous l'ancien régime, réclamèrent l'établissement d'un
bureau de vérification et de marque pour les cadis de Montauban,
« afin d'arrêter le préjudice notable qui est occasionné par l'introduction dans la consommation des marchandises, quoique très
inférieures, qui se fabriquent à Saint-Afrique, Saint-Martory,
Albi, Verdun, Mazamet, Rodez et autres endroits circonvoisins et
qui portent l'estampille :

Fabrication française de Montauban

ou bien simplement :

Cadis Montauban. »

La Chambre consultative n'accueillit pas entièrement cette
requête, mais s'appuyant sur un mémoire présenté le 26 août
1809, elle demanda qu'il fût interdit de mettre sur les draps le nom
d'une ville autre que celle où ils ont été fabriqués.

Néanmoins la Chambre persiste à réclamer la plus grande liberté
pour le commerce, tout en émettant le vœu que la fraude soit
réprimée sévèrement.

Une commission, composée de M. Vialètes, Lagravère aîné et
Galibert, avait été nommée pour examiner cette question ; elle
constata, au cours de ses travaux, que la décadence de nos fabriques tenait à des causes générales et inévitables, qui paralysaient
momentanément toutes les branches d'industrie et parmi lesquelles

le manque de capitaux tenait la première place ; du reste les fabriques voisines étaient dans le même état.

Les doléances du commerce montalbanais finirent par aboutir à un résultat, minime il est vrai, mais qui aurait pu être très-avantageux si on y avait tenu la main : le ministre du commerce décida en 1812 que tous ceux qui mettraient sur leurs pièces : *Façon de.....* seraient considérés comme faussaires en écriture privée.

En 1818, sur la proposition du maire, la Chambre consultative réclama l'établissement de trois foires générales de marchandises, qui devaient durer 8 jours, et dont les dates furent ainsi fixées par ordonnance royale du 28 juillet même année : 20 mai, 26 juillet, 20 novembre.

Ces foires eurent pendant quelques années un grand succès. La première commença seulement le 21 mai et finit le 28 du même mois. Le *Journal de Tarn-et-Garonne* dit à cette occasion : « Cette foire a obtenu des résultats qu'on ne pouvait pas attendre d'une institution nouvelle, qui n'est pas encore bien connue dans les autres départements, et, qui se trouve avoir à lutter contre des intérêts de localité contraires à l'intérêt général du commerce, aux spéculations duquel cet établissement offre des avantages incontestables.

« Plus des deux tiers des marchandises qu'on y avait apportées ont été vendues, quoiqu'elles fussent en grande quantité, et les fabricants ou négociants à qui elles appartenaient n'ont pas été moins satisfaits des prix qu'ils ont obtenus, que de la facilité qu'ils ont eue à les placer. »

Il en fut de même à la seconde, celle du 26 juillet, et le journal ajoute : « Il n'y aurait pas eu assez de marchandises pour les acheteurs, si la baisse des prix des laines n'avait porté ceux-ci à demander sur le prix des étoffes une diminution analogue, à laquelle les fabricants n'ont pas voulu consentir. »

« Le succès de ces foires, qui ne se démentit pas pendant quelques années, porta les fabricants à en demander une quatrième, mais cette requête ne fut pas accueillie. Peu à peu le mouvement des affaires dans ces réunions se ralentit; le voisinage de Toulouse, centre important attirait davantage les négociants ; et la diminution progressive de la fabrication montalbanaise s'accentua chaque jour davantage.

En 1806, MM. Lagravère et Cie avaient établi à Villebourbon la première filature de laine à la mécanique. Cette fondation fut accueillie par les fabricants avec défiance et par les ouvriers avec jalousie.

En effet, les chefs de nos maisons de commerce n'avaient pas en général le caractère aventureux ; leur aisance était fondée sur une sage économie plutôt que sur le résultat ordinaire de leurs opérations, dont le cercle était fort retréci, et ils craignaient de sortir de leurs habitudes en adoptant les nouveaux procédés. Pour eux la fileuse semblait ne pouvoir jamais être remplacée par une machine.

Quant à l'ouvrier, il obéissait, dans son aveuglement, à des considérations d'un autre ordre. L'établissement des filatures mécaniques ruinait du coup toute une classe de la population. En effet le faubourg Sapiacou, notamment, offrait un curieux spectacle avec cette multitude de rouets, tournés par des fileuses, qui gagnaient leur vie, tout en gardant leurs marmots ou en surveillant leur ménage.

Nous retrouvons l'expression de ces sentiments dans un rapport présenté à la Chambre consultative en 1832.

« La fabrication d'étoffes de laine à Montauban date d'une époque très-reculée. Nos ancêtres, en perfectionnant graduellement le genre de fabrication qu'ils avaient adopté, attirèrent dans notre ville un grand nombre d'ouvriers étrangers, dont les familles s'étant augmentées, ont formé avec celles qui y étaient déjà plus du tiers de sa population, portée à plus de 24,000 âmes. Les individus comprenant cette classe nombreuse n'avaient eu jusqu'ici leurs moyens d'existence que dans le travail que leur procurait les différentes opérations demandées par la fabrication des étoffes de laine, et qui seules suffisaient à leurs besoins.

« L'établissement des machines mécaniques est survenu. Lorsqu'elles parurent, pas un seul de nos fabricants ne se méprit sur l'heureuse importance qu'elles devaient avoir, tant sous le rapport

du perfectionnement que sous celui de la baisse qu'ils devaient
faire éprouver à la main-d'œuvre, baisse, naturellement toute à
leur avantage. Cependant, justement alarmés pour la population
qui les entourait, ils virent aussi avec douleur que ce qui serait
d'un immense résultat pour le bien général produirait en sens
inverse la chute de leur industrie.

« Malheureusement leur prévision ne tarda pas à se réaliser, et
malgré le vif désir qu'ont tous nos chefs de manufactures de concourir de tous leurs moyens de maintenir leurs ateliers en activité,
et qu'ils aient fait de très-grands sacrifices pour cela, ils se voient,
nous osons dire à peu près tous obligés à les abandonner pour
éviter une ruine totale.

« Rendant justice aux bonnes intentions du gouvernement.....
et quoique nous ne puissions disconvenir que l'établissement des
mécaniques que nous avons depuis 1806 n'ait puissamment con-
tribué à soutenir le peu de fabrication qui existe encore dans notre
ville, nous ne pouvons admettre, comme on veut bien le prétendre,
que la décroissance de notre commerce en draperie vienne du
défaut d'établissement d'un plus grand nombre de mécaniques que
ceux que nous avons déjà.

« Il nous serait facile de prouver au contraire que
le mal qui nous mine vient absolument de la trop grande facilité
qu'on a partout de produire, ce qui nous prive du débouché de
nos articles. Le commerce est tout positif de sa nature dans ses
applications. Un négociant habitué aux affaires tient peu de
compte des théories, il préfère l'expérience admettant comme un
fait constant que la consommation, de tout genre augmente en
proportion de la population qui grandit.

« On ne peut se refuser à reconnaître que, dans les localités
en si grand nombre où il n'existait pas de manufactures, l'établissement des mécaniques a dû produire un développement d'industrie qui est tout à l'avantage des populations de ces localités,
et nous ajoutons même de l'intérêt général, mais nous qui avons
à exposer au gouvernement la position particulière de notre ville,
nous affirmons que c'est la grande facilité qu'on a de produire qui
anéantit un branche d'industrie existante depuis des siècles ;

parce que, habitués, ainsi que nous l'étions, à approvisionner de nos marchandises un grand nombre de départements, nous ne le pouvons plus maintenant à cause de la concurrence que nous offrent une infinité de fabriques, qui sont comme nous rongées par une surabondance de fabrication dont elles ne peuvent se procurer l'écoulement, et d'où résulte une dépréciation forcée sur les articles fabriqués, dépréciation telle qu'il est impossible que les fabricants, puissent continuer à la supporter.

« Voilà notre opinion sur la fabrique d'étoffes de laine de notre ville. Loin de nous de vouloir adresser à cet égard des plaintes au gouvernement. Il doit la liberté et la sécurité au commerce ; lui ayant assuré l'une et l'autre, ses devoirs sont remplis, mais il doit nous être permis de ne pas lui laisser ignorer aussi la position où vont se trouver un grand nombre d'ouvriers privés de travail, dans l'espoir que sa bienveillante sollicitude pourra détourner la misère qui nous menace. »

La chambre se plaît à signaler au gouvernement l'exécution du projet de route de fer de Montauban à Toulouse dont l'adjudication a eu lieu il y a un an.

L'exposé des théories qui précèdent est assez singulier, mais il indique un mal qui n'a pas encore cessé à l'heure où nous sommes, mal nécessaire, ou plutôt inévitable, car il est la conséquence de la marche en avant dans la voie des progrès matériels.

En effet la création des machines, l'établissement des voies ferrées, la suppression des barrières et des douanes, toutes les conquêtes de la science mises au service de l'industrie ont absolument changé les conditions économiques de la société.

Autrefois il s'agissait seulement de faire bien ; aujourd'hui il faut faire vite. C'est la première condition du succès, car on doit devancer la concurrence. Autrefois le prix était une question secondaire, aujourd'hui c'est le bon marché qui prime tout.

Comme on le voit, la question économique, qui préoccupe actuellement les esprits les plus sérieux, n'est pas née d'hier et sa solution paraît fort éloignée.

Mais revenons à nos fabricants montalbanais : la révolution de juillet ne produisit pas trop de catastrophes sur notre place ; il y eut cependant un notable ralentissement dans les transactions et un certain nombre d'ouvriers restèrent sans travail ; la liquidation se fit dans de très-mauvaises conditions, d'autant plus que les provinces de Bretagne qui servaient de débouché à nos plus belles qualités, avaient suspendu leurs commandes par suite des évènements politiques qui agitèrent cette partie de la France au début du règne de Louis-Philippe.

Nous voici arrivés à la limite de cette étude, car nous touchons à la période contemporaine, et nous ne saurions aller plus loin sans sortir de notre rôle d'historien. Aussi bien aurions-nous à continuer cette longue série de doléances et de regrets qui commencèrent à se manifester à la fin du siècle dernier et qui malheureusement seraient plus justifiés que jamais aujourd'hui.

Nos cadis de *si bon usé*, ne sont plus de mode ; après avoir pendant plusieurs siècles joui d'une réputation bien méritée, on ne les emploie plus que dans quelques cantons de la Bretagne, où nos maisons de commerce montalbanaises ont encore conservé de bonnes relations. Mais ce débouché lui-même, par suite de l'unification du costume, finira par leur être fermé dans un avenir plus ou moins prochain, et alors il ne restera plus de cette branche autrefois si florissante de notre industrie, qu'un souvenir de fierté mêlé d'amertume ; de fierté pour le passé qui fut glorieux, d'amertume pour le présent qui nous montre, comme une dure leçon, comment les institutions les mieux assises et les mieux ordonnées périssent lorsqu'elles ne sont pas en harmonie avec les progrès et les conquêtes de la science.

Le commerce de draperie s'est perdu dans notre ville — l'aveu est douloureux, mais il est nécessaire comme conclusion de cette étude, — parce que nos voisins ont fait mieux que nous. Plutôt

que de lutter à armes égales contre nos rivaux, nous nous sommes
opiniâtrement attachés à conserver les vieux procédés, tandis que
les manufacturiers de Castres et de Mazamet se sont constamment
préoccupés de perfectionner leur outillage, et ont pu ainsi soutenir
la concurrence avec les autres fabriques de France et de l'étranger.

APPENDICE.

APPENDICE.

Liste des noms des facturiers inscrits sur le registre des marchands en 1712.

Jean Caussat.
Jacques Lapeyre.
Foissac.
Pierre Causse.
Pierre Noaillac.
Jean Margouet.
Jean Londios.
Jean Boussarot.
Jean Bayle.
Joseph Clayrac.
Jean Py.
Jacques Verdet.
Raymond Astorg.
Jacques Fournié.
Alexandre Dulié.
Henry Vialètes.
Jacob Brousse.
Marn Céré.
Pierre Tissendié.
Antoine Petit.
Samuel Caussat.
Léonard Maurannes.
Jean Rieu.
Sidrac Sol.
Méric Artus.
Jean Nègre.
Pierre Cadrès.
Antoine Bia.
La veuve de Malemousque.
Pierre Pradines.
Antoine Noailhac.
Isaac Noalhac, aîné.
Pierre Barthe.

Antoine Molle.
Michel Albrespy.
Pierre Salingar es.
Nicolas Petit.
Guillaume Andral.
Jean Cinfraix.
Les sieurs Pierre et Estienne Vialètes-d'Aignan, frères et Bernard Vialètes, associés négociants, outre le commerce de draperie en gros qu'ils font, qui est leur principal commerce, font travailler à une manufacture.
Antoinette Jambon, v^e.
Michel Bergis.
Alexandre Labry.
Pierre Soulié.
Pierre Castel.
Jeanne Londios, veuve Isaac Laporte.
Jean Fraisse.
Guillaume Ferrieu.
Jean Lacombe.
Jean Borredon.
Abouly.
Raymond Baussil.
Jean Pécontal.
Isaac Milhau.
Pierre Bouillenc.
Jacob Langlade.

Jean-Bernard Rousset.
Antoine Senoua.
Marie Garric.
Guillaume Terrancle.
Thobie Thibaudel.
Jacques Balat.
Jean Moulis.
Jean Carbonel
Jean Conques.
Joseph Barrère.
Jacques Gamot.
André Casemajor.
Pierre Charles.
Pierre Terrède.
Abel Miquel.
Pierre Lasvignes.
Raymond Guimbal.
Antoine Boussarot.
Jacques Lascombes.
Pierre Lacam.
Jean Alram jeune.
Jean Larroque.
Jean Boissières.
Carrère.
Paul Molles.
Arlam aîné.
Pierre Borredon.
Jeanne de Caussat.
G. Lamothe.
Jean Molles.
Isaac Bagel, aîné.
Jean Cagé.
Jean Castelnau.
Guill. Malemousque.

Pierre Delannés.
Jean Albrespy.
Rachel Montégu, veuve Jean Albrespy.
Serres de Prat.
Jean Brousse.
Jean Rebeille.
Armand Salvetat.
Pierre Benech.
Guillalme de Bordes, veuve André.
Beauté.
Nicolas Cadrés.
Marie Meremende et Antoine Maraval.
Anne Pousergues, v° Bernard Mariette.
Daniel Salingardes.
Moïse Castel.
Daniel Salbion.
Pierre Tachard.
François Palafré.
Pierre Barrié.
Pierre Delpey.
Jean Bayle.
Jacques Bergounio.
Jean Séguéla.
Mathieu Pradines.
Joseph Delpech.
Antoine Presseq.
Jacques Conté.
Jean Massip.
Jean Rivière.
André Redon.
Raymond Montpezat.
Jacques Vaissette.
Pierre Preissac.
Duraude.
Jean Terrède.
Jacques Benech.
Jean Chaudun.
Jean Garrigues.
Henri Vaissières.
Etienne Legrand.
Claude Louée.
Jean Pécontal.
Jean Vinsac.
Remi Barri.
Antoine Saint-Jean.
Jean Angé.
Pierre Moulis.
Jean Delpon.
Antoine Tesseyre.

Jean Vaissière.
Rachel Roudié.
G. Vernhe.
Jean Caussat.
Hugues Tournès.
Jean Acquié.
Joseph Dumas.
Jean Mourgues.
Jacques Dusab.
Jacob Casenat.
Isaac Alquié.
Louis Delbosc.
Jean-Adam Hucafol.
Antoine Lantelme.
Jacques Beyredes.
Jeanne Cral, veuve.
Jeanne de Redon et Françoise Dagra.
David Vidallet.
Pierre Dardayrol.
Jean Moncuquet.
Jean Priou.
Jean Pradines.
Jean Moisset.
Pierre Retournat.
David Garrigues.
Jean Soulié.
Jean Franceries
David Mariette
Philippe Cabirol.
Jean Raynal.
Jean Vautrin.
Jean Belan.
Géraud Romagnac.
Pierre Boué.
Pierre Boussarot aîné.
Jean Cathala.
Jean Delmas, aîné.
Pierre Bonnet.
Albouy.
Antoine Condy.
Jean Delannes.
François Castel
Antoine Bonafous.
Jacques Redon.
Françoise Brel, v° Laverdure.
Pierre Mouzet.
Marie Meynard, veuve Carrère.
G. Bessié.
Vidal Prunet.
Isaac Baron.

Abel Beray.
Boyé.
P. Bol.
Bermont Gardes.
Pierre Fenouillet.
Abel Vautrin.
Jean Massip.
D. Rachel Delanes.
Gaspard Duminy.
Jean Bongrat.
Pierre Massip.
Rau.
Jacques Olier.
Leygue.
Jean Rivairol.
Jean Galoupin, dit Laroche.
Bernard Albrespy.
Pierre Sidrac.
Jean Carrié.
Presseq, veuve Vidal.
Jean Barrié.
Sidrac Noualhac.
François Durand.
Jean Rieu.
Jean Dupin.
Jean Chaubard.
Jean Doumerc.
Pierre Cabirol.
David Rivière.
Jean Tournier.
Jean Poslin.
Antoine Godoffre.
Raymond Constans.
Jean Moulis.
Antoine Picassou.
Jean Pécourt.
Pierre Gabé.
Jean Galays.
Raymond Borel.
Pierre Lauzet.
Dlle Suzon Dussaut.
Pierre Delmas.
Gaillard Nègre.
Isaac Tonnelles.
Jean Viguié.
Antoine Nègre.
Pierre D'Aignan.
Jean Féral.
Jean Abouly.
Antoine Calvet.

Livre des marchands commencé le 1ᵉʳ avril 1745.

1745.

Jean Barrié, aîné.
Jean Lepifle.
Jean Saint-Geniès, père et fils.
Jean Momméja.
David Nègre.
Elie Donadieu.
Jean Lamarinée.
Géraud Romagnac.
Jean Arnac.
François Castel.
Jacques Beyrèdes.
André Molles.
Pierre Foissac.
Catherine Pradines, épouse de Henri Matio.
François Arbus.
Moyse Castel.
Jean-Pierre Vidallet.
Marc Albrespy.
Jean Fargues.
Paul Causse.
Jean Delpy.
Jean Gausseran.
Jean et Paul Alran, frères.
Estienne Vialètes d'Aignan.
Jean et André Albrespy.
Paul Saul.
Louis Bouillerie.
Marguerite Deymié, vᵉ Jean Mariette.
Jean Delaye.
Antoine Terrèdes.
Jeanne Lamothe, veuve Bongrat.
Jean Menescal.
Armand Salvetat.
Jacob Brousse.
Suzanne Dussaud.
Pierre Vidallet.
Joseph Serres.
Jacques Viguié.
Jean Senoé.
Jean Sinfraix.
Antoine Fargueil.
Pierre Ligounhe.
Jean Pourtié.
Gaillard Nègre.
Jean Mourgues.
Sidrac Noalhac.

Isaac Tirevieilles.
Simon Fourgès.
Pierre Cadrès.
Pierre Boussarrot.
Pierre et Jean Pierre Lauzets.
Jacob Caussat.
Francou Raynal.
Maille Besson.
Jean Carrié.
Jean Lavit.
Jacques Conte.
Jean Chaudruc.
Pierre Castel.
Jean Cogoreux.
Jean Brousse.
Isaac Acquié.
François Durand.
Antoine Presseq.
Jean Coussac.
Antoine Jambon.
Pierre Deymié.
Pierre Carrendou.
Jean Soulié.
Marc Deymié.
Méric Arbus.
Jean Boyé.
Jeanne Gilis, veuve Milhau.
Jeanne Fezendié.
Rachel Roudié, veuve Boyé.
Judith Boyé, veuve Noalhac.
Pierre Retournat.
Nicolas Cadrès.
Jean Boussarot.
Jean Tournier.
Miquel Albrespy.
Pierre Tachard.
Jean Delpon.
Jean Fraïsse.
Jean Seguela.
Gaspard Dumeny.
Cécille Depuntis.
Pierre Bouillenc.
Joseph Vidal.
Alexandre Laborie.
François Labrie.
Jean Lacaze.
Marthe Chelié.
Isaac Vidal.
Gabrielle Bebian, épouse Malemousque
J. P. Lacroix.

Jeanne Chaubard, vᵉ Albrespy.
Claude Lanié.
Michel Saurou.
Jean Roques.
Jeanne Caussat, veuve Rauly.
Jacques Gassion.
Pierre Saint-Alary.
Raymond Gimbal.
Guillaume et V. Delbreil.
Victor Pouzergues.
Méric Tachard.
Pierre Massip.
Jean Rivière.
Pierre Cabiron.
Pierre Delprat.
Etienne Acquié.
Claude Garrigues.
Raymond Borel.
Pierre Carrière.
Jean Foissac.
Veuve de Foissac.
Jérôme Legrand.
Jean Massip.
Louis Bagel.
Jean Baille.
Marie Doumerc, veuve Delanes.
Pierre Vidallet.
Marcel Laroque,
Pierre Gabé.
Raymond Guimbal,
Eymeric Preyssac,
Jacob Douzals.
Antoine Debia.
Jean Caussat.
Jean Pris.
Jean Coyne.
Jean Moulis.
Antoine Duran.
Pierre Crouzailles.
Jean Cathala.
Jean Galaïs.
Pierre Borios.
Jean René,
Marie Boussarot, sa femme.
Bernard Alran.
Antoine Dufis.
Raymond Serres.
Antoine Calvet.
François Lacombe.

François et Jacques Lecuyer, père et fils.
Méric Dufis.
François Coyne.
Pierre Rivière.
Jeanne Faget, veuve Petit.
Jacques Lacombe.
Gabriel Albouy.
Jean Pécontal.
Antoine Picassou.
Thomas Castel.
Jean Beauzel.
Barthélemy Espinasse.
Marc Céré.
Marguerite Fournier.
Jeanne Bergouzal.
Antoine Raynal.
Samuel Vidallet.
Jeanne Vidallet, veuve Gailhard.
Pierre Fargueil.
Louis Coffinhal.
Jean Dubernat.
Geraud Garrigues.
Jean Baille.

1746.

Jean Tremolières.
Jean Albrespy.
Jacob Céré.
Jean Lacaze.
Pierre Petit cadet.

1747.

Jean Cadrès.
Geraud Dulhes.

1748.

Jean Alran.
Jérôme Debat.

1749.

Isaac Marty.
Pierre Barrié.
Daniel Boussarot.
Antoinette Serre, veuve Chaudruc.
Jean Doumerc.
Antoine Delpon.
Guillaume Retournat.
Louis Sigal.
Jacques Latreille.
Jacques Ollier.
Pierre Ferrié.

1750.

Pierre Romagnac.
Michel Abeille.
Jacques Brial.
Jean Cramboulan.
Jean Grenier.
Etienne Fauché.
J.-P. Rivière.
Guillaume Lamothe.
Antoine Borel.
Jean-Pierre Fauché.
Jean Moulis.
Jean Durande.
Dlle Marie Gardes, et Tochelle Conte.
Antoine Cousteil.
Jean Presseq.
Samuel Bouillenc.
Jean Bongrat.
Antoine Carbonel.
Jean Delpech.
Simon Saintfaust.
Jean Besson.
Joseph Fontas.
Pierre Petit.
Etienne Garric, Montmurat.
Pierre Laresseguerie.
Jean-Pierre Lacaze.
André Delpey.
Antoine Lacaze.
Claude Simonin.
Claude Franceries.
Guillaume Alran.
Jean Bonnet.
Jean Lacaze.
Etienne Lacroux.
Jean Barrié.

1751.

Jean Unal.
Antoine Godoffre.
Etienne Sarrus.
Jacques Lamothe.
Pierre Pieris.
Jean Sicard.
François Maurel.
Bertrand Cabirol.
Nicolas Malé.
Marc Ceré.
Dominique Malbosc.
Bernard Paisseran.
Isaac Bouigues.

1752.

Jean Cathala.
Jean Menescal.

1753.

Baptiste Aliès.
François Grezel.
Dlle Marie Papon.
Pierre Gascou.
Claude Sagnes.

1754.

Bayle fils.
Jean Boys.
Paul Rigal.
Abraham Acquié.
Guilhaume Gautié.
François Labro.
Jean et André Bess ou Antoine Brandala
Vital Prunetis.
Jacques Boussarot.
Jean Boussarot.
Marcel Menescal.
Antoine Caignac
Isaac Cinfraix.
Antoine Rebellat.
Etienne Legrand.
Francou Delcau.
Guillaume Aché.
Georges Miquel.

1755.

David Delbreil.
Duminy frères.
Jean Gardelle.
Isaac Bagel.
Guillaume Malet.

1756.

Pierre Serres.
Pierre Tirebielles.
Barthélemy Retournat.
Geraud Cathala.
Méric Tachard.
Jean Lacaze.
Antoine Alran.
François Mathieu.
André Albrespy
Pierre Lacoste.
Paul Cayla.
Marie Maurel.
Francou Barrié.
Antoine Menescal.

Jacques Menescal.
Pierre Pécontan.
Etienne Becardy.

1757.

Jean Langlade.
Francou Vidalet.
Francou Arbus.
Pierre Massip, fils.
Etienne Acquié.
Jean Tournou.
Jean Seguela.
Jean Lautier.
Izaac Vidalet.
Jean Carrié, fils aîné.

1758.

Paul Maillé.
Jean-Pierre Seguela.
Pierre Dufis.
Pierre Couderc.
Pierre Bonvila ou Bou-
    billa.
Pierre Douzals.
Francou Castel.
Pierre Tachard.
Antoine Ynard.
Marc Soulié.
Mathieu Seguela.
Abraham Moulis.
Jean -Baptiste - Roujol
    Fraunié.
Jean Sirac.
Pierre Pécontal.

1759.

Jean Rispe.
Jean-Raymond   Rival.
Samuel Caussat.
Jean Rebellat.
Antoine Brunet

1761.

Jean Belluc.
Jean Chaubard.
Pierre Rachou.
Pierre Debia.
Jean René.
Jean Fesendié.
David Mariette.
Pierre Feyt, cadet.

1762.

Jean Lalevie, aîné.
Geraud Ferrié, cadet.
Jean Cruzel.
Jean Lombrail.
Louis Besse.
Joseph Fabel.
Jean René, cadet.

1763.

Jean-Pierre   Depuntis.
Julien Ferrieu.
Etienne Marconis.
Pierre Lafon.
Jean Sarrus, aîné.

1764.

Jacques Dubia.
Deymié fils aîné.
Jean Vidalet.
Isaac Fourgez.

1766.

Jean Rivière.
André Gardelle.
Pierre Seguela.
Jean Blanc.
Isaac Sol.
Géraud Larroque.

1769.

Barthélemy Espinasse.
Mathieu Langlade.
André Albrespy.

1770.

Jean-Baptiste Gerlié.
Pierre Lacaze.
Bernard Alran.
Jacques Foissac.
Jean Cinfraix.
Jean Beirèdes.

1771.

Jean Samuel Vidalet.
Thomas Massip.
Pierre   Samuel   Car-
    rière.

1773.

Pierre Castel.
Jean Larroque.
Jean Lespinasse.
Barthélemy Rachou.

1774.

Jacques Fabré.
Jean Beray.
Pierre Massip.

1775.

Guillaume Moulis.
Pierre Salamon.
Jean Serres, fils.
Pierre Castel.
Francon Dubernat.
Larroque aîné.

1776.

Pierre Lauta.

Messieurs

Pʳᵉ Tirevielles,   Jⁿ Samᵉˡ Vidallet,   Pʳᵉ Dufis,   Jⁿ Boussarrot.

Vialètes-d'Aignan.	Jean Saint-Géniès.	Guilbaume Barrié.
Joseph Serres.	Jean Rétournat.	Veuve Belluc.
Jacques Foissac.	Veuve Antoine Dufis.	Jean Larroque neveu.
André Albrespy.	Veuve Trémollières.	Jean Larroque aîné.
Jean Vidallet.	Veuve Moyse Castel.	Gerlié.
Isaac Bagel.	Georges Miquel.	Louis Langlade.
Pierre Ligounhe.	Antoine Revellat aîné.	Jacques Fabre.
Pierre-Marc Castel.	Bernard Albrespy.	Antoine Sylvain.
Jean Langlade.	Marc Tachard.	Jacques Mestre.
Isaac Sol.	Guillaume Gauthier.	Jacques Dubia.
Jean Prix aîné.	Pierre Périès.	Jean Baillio.
Pierre Séguéla.	Pierre Débia.	Etienne St-Blanquart.
Jeanne. fille de Castel.	Pierre Barthe.	Jean Paris.
Jean-Pierre Duminy.	Jean Sennoé.	Jean Frezière.
Jean Cinfraix.	Jean Révéllat jeune.	Pierre Salamon.
Pierre Lacaze.	Joseph Fontas.	Jean Rivière.
Veuve Jean Langlade.	Pierre Godoffre.	Pierre Larroque.
Meric Dufis.	Pierre Rachou.	Jean Garrisson aîné.
Pierre Castel.	Veuve Julien Ferieu.	Jean Garrisson cadet.
Simon Fouges.	Jean Pécontal.	Jacques Ligounhe.
Antoine Jeanbon.	Marie Gailhard.	Jean Miquel.
Jean Réné cadet.	Jean Coyne.	

Ce tableau, que nous reproduisons en *fac-simile*, nous a été obligeamment communiqué par M. Isidore Vergès, négociant en draperies de Montauban.

TABLEAU

Contenant les noms des fabricants d'étoffes de la ville de Montauban et les différentes qualités qu'ils fabriquaient.

1809.

Vialètes–d'Aignan et Cᵉ
Rachou et Cᵉ.
Garrisson oncle et neveu
Ligounhe et Boussarrot.
Furbeyre.
J. Vidallet.
Ferdinand Mallet.
Depuntis aîné.
Prunetis.
Gasc Saint-Araille.
Couderc père.
Lamotte.

Lanié.
Carenou jeune.
Cathala.
Delpech.
Salomon.
Albrespy, Favenc et Cᵉ.
Debia fils et Dolivier.
Pierre Lacaze.
Lagravère frères.
Moïse Castel neveu.
Alphonse Mallet.

Pécontal et vᵉ Couderc.
Soulié.
Borredon.
Sudre.
Cadrès fils.
Senoé.
Besson.
Veuve Borredon.
Vidaillet.
Calvet.
Philippe Lafargue.

Ces fabricants font une étoffe croisée très solide, appelée Cadis-Montauban. Ils en font de trois qualités différentes pour la mesure et de quatre longueurs différentes dans chaque qualité.

Les cadis étroits ont 54 centimètres de large.
—   larges, 64 à 65 centimètres.
—   5|4, 1 mètre 50 centimètres.
—   4|4, 1 mètre 20 centimètres.